姫様、江戸を斬る
～黒猫玉の御家騒動記～

亜胡夜カイ　Kai Akoya

アルファポリス文庫

JN063145

https://www.alphapolis.co.jp/

あたしは玉。

たま、でもタマ、でもない。「玉」である。これ、重要。

そのへんでにゃあにゃあ言ってる連中《ねこたち》と一緒にしないでほしい。

姫様がつけてくれた、大切な名前だから。

あたしには母猫の記憶がない。

目が開いた頃には捨てられていたのかはぐれたのか、お腹は空くし心細いしで声を振り絞ってみいみい言っていたのがたまたま姫様のお居間の軒先《のきさき》だったらしい。

生け花をしていた姫様が気づいてくれて、御女中をやってあたしを連れてこさせたのだ。

初めてあたしを目にした姫様はきれいな形の眉をひそめていた。

それは、そうだろう。

毛はぼさぼさ、目やにがういて、乳も足りないからがりがり。

こんな汚い生き物なんて初めて見たに違いない。

「うるさい」

「汚い」

「縁起でもない」

どこか遠くへ捨ててきましょうと御女中たちは口々に言ったけれど、それでもあたしは助けてほしくて必死で鳴いた。

そうしたら。

姫様は無言ですいと立ち上がった。

脇息《きょうそく》を支えにすることもなく、まるで男の人のように身軽に立って、びっくりするほど慎重な手つきであたしをそっと抱き上げた。

「母はどうした？　かわいそうに」

「洗ってやろう。皆、まあそうひどく言うものではない」

お手もお召し物も汚れますと騒ぐ御女中たちを嗜《たしな》め、姫様は袖であたしをくるみ込むようにしながら話しかけた。

いい匂いのする、きれいな姫様。

あのときのことは今でもたびたび思い出す。

姫様はあたしを嫌悪して眉をひそめていたのではない。かわいそうだと言ってくれたのだ。

猫的に言えば、「憐れみなどけっこう」かもしれないけれど、そんな猫の矜持《きょうじ》は生まれて間もないあたしにあるわけがない。優しい手も穏やかな声も。耳から、全身から染みとおるようだった。助かった、と思った。実際、助かった。

けれど姫様は型破りなお方だった。

抱っこされて甘く話しかけられ、思わず気が緩んだあたしを、姫様は手桶の水にざぶんとつっ込んだのだ。

仰天したあたしはぎゃうぎゃう鳴き、御女中たちがうろたえ騒ぐ中、姫様はあたしの体中を洗い、きれいな手が汚れるのも構わず丁寧に目やにを取ってくれて、厩舎《きゅうしゃ》から馬の乳を持ってこさせ、乳をたっぷり含ませた手ぬぐいを何度もあたしの口元にあてがって飲ませてくれた。

ひと心地ついて顔を背けると、もうよいのかと姫様は手ぬぐいを放って、あらためてまじまじとあたしの顔を覗き込んだ。

真っ黒でぴかぴか光る姫様の目。黒曜石《こくようせき》みたいだ。

その中に映り込んでいるちっぽけな毛玉はなんだろう。

お腹はくちくなったし、眠くなってきてゆらゆらし始めたあたしを姫様はしばらく眺め、やがて。

「――この子はわたしがもらおう」

姫様は誰にも否とは言わせぬ調子できっぱりと言って、あたしは姫様の飼い猫になった。

＊＊＊

姫様に拾われて二年、あたしは何不自由ない暮らしをしている。

お屋敷に出入りの学者が「衣食足りて礼節を知る」とか誰かに講義をしていたけれど、猫も同様。

おいしい食事、新鮮な水をもらって、姫様の膝か、絹の座布団で眠る。

こんな厚遇を受けたらあたしだって猫の誇りにかけて、すぐにご不浄《ふじょう》の場所を覚え、お屋敷の畳や柱で爪とぎをしてはいけないことも学んだ。あたしをいじめる奴の部屋ではわざといたずらしてやるけれど。

姫様をはじめ皆が「なんて賢い猫だろう」と言って頭や喉を撫でてくれるから、あたしはご機嫌で喉を鳴らし、体中を舐めまくって身ぎれいにしている。

出会ったとき、汚いだの縁起悪いだの言われた黒い毛並みは、今ではあたしのご自慢だ。

「射干玉《ぬばたま》の黒髪」という言葉があるが、お前の毛艶はまさにそれだね、と姫様は愛でてくれて、あたしの名前は「玉」となった。「射干玉《ぬばたま》」の「玉」だ。

さらに。

あたしの目の色は緑色なのだそうだ。

きれいな姫様はきれいなものが好きらしい。お前の目は翠玉のようだと褒めちぎり、ある日とうとうあたしの首輪には翡翠《ひすい》の玉がつけられた。それまでにも緑色の伊賀組紐《いがくみひも》を結んでもらっていたのだけれど、玉飾りまで付いたのだ。ごくごく小さくあたしの名前、「玉」と彫りものまで入れてあるという凝りよう。御女中たちは当然のこと、両親に二人の兄、下働きに至るまで姫様に逆らえる者などいないから、出入りの商人にけっこうな金額を支払ってこれを注文し、あたしの首に取り付けて姫様はすこぶるご満悦だ。

その姫様が。最近、ご機嫌が悪い。

悪いというか。気鬱なのかもしれない。月を眺めてはため息をつき、あたしを撫でくりまわす。

撫でられるのは好きだけれど、なんだか荒っぽくておざなりなのが気に入らなくて、そのうち黙って姫様と距離を置く。

すると「玉はつれないね」と言ってまた引き寄せられ、仕方なしにしばらく我慢してされるがままになるけれど、やっぱりぐりぐりと力任せで、またうんざりして飛び退《しさ》る。

「玉、おいで」と言われたけれど、今度は無視して尻尾《しっぽ》で畳の縁をぱたぱた叩いて抗議してやった。

いったいどうしたの、姫様。

あたしは小首をかしげ、姫様と目を合わせて「にゃう」と小さく鳴いた。

「……玉。聞いてくれるか」

姫様はふう、とまた小さく息を吐いた。

月が見たいと戸を開け放っているから、もう夜も更けたろうに寝間は月明りに青白く照らされている。

白い寝衣を着た姫様は、気だるげに柱に背を預けて片膝を立てている。

手元には白い徳利《とっくり》と杯があって、月見酒と洒落こんでいるようだ。

姫様はそこらの侍よりも漢《おとこ》らしいのだ。

その姫様がこんなに沈んでいるなんて。

ちょっと同情したけれど、またぐりぐりされてはかなわないから、あたしは絹のお座布団の上で香箱になって続きを聞くことにした。

「許婚殿《いいなずけどの》が来るらしい。……父上がそう仰った」

ぐい、と白い喉を反らせて、姫様は杯を空にした。

「一か月後だそうだ。顔合わせをする。形だけだ。そのとき、祝言《しゅうげん》の日も決めてしまうそうだ」

そうだった。姫様もお年頃だった。で、祝言《しゅうげん》の日取りまで決まってしまう、と。

一緒に連れてってもらわなくちゃ、と、あたしは夜風にひげをそよがせながら考えた。

「幼き頃より決められていた許婚殿《いいなずけどの》だ。覚悟はできている。ただ――」

姫様はとうとう徳利《とっくり》に直接唇をつけてぐびりと音を立てて飲み下した。

姫様はうわばみなのだ。口の堅い御女中数名と、あたししか知らないけれど。

「ただ、もう少し。……あともう少し、自由でいたかったのだ、わたしは」

恋とやらも、してみたかったしな。

凛々しい、竹を割ったような性格の姫様だけれど。

ふふ、と恥ずかしそうに笑って付け加えた姫様の横顔は、絵草紙に描かれた古《いにしえ》の美姫、そのものだった。

＊＊＊

黒猫・玉が住処《すみか》を得たのは鵺森《ぬえもり》藩主・佐川宣重《さがわのぶしげ》の江戸屋敷である。

宣重《のぶしげ》は石高こそ三十万石とそこそこだが、所領は江戸に近く、何より三河以来の譜代《ふだい》大名《だいみょう》であり、代々幕閣の重鎮として遇されていて、幕府における発言力は大身と呼ばれる外様の諸大名など足元にも及ばない。

公正、篤実な性格は当代の将軍・綱吉《つなよし》の覚えもめでたく、幕府内でのお役目もあることから宣重《のぶしげ》はほとんど江戸詰めであり、正室・お豊《とよ》の方と三人の子と共にずっと江戸屋敷で暮らしている。参勤交代で所領と江戸との往復に苦労する諸大名からすれば羨ましい限りだが、将軍の信頼厚く本人も公平公正とあってはけちのつけようもなく、「ご先祖がよほどの徳を積んだのだろうさ」とやっかみを言うのが関の山である。

正室・お豊《とよ》の方は鵺森《ぬえもり》藩江戸家老の娘で、宣重《のぶしげ》の幼馴染だ。

才気煥発、武芸までも嗜《たしな》み、女子《おなご》には惜しいと剣術指南役が苦笑するほど。十二、三までは宣重《のぶしげ》は豊《とよ》を男だと思っていたらしい。家老の娘、完璧な猫かぶりであった美少女

「豊」と、木刀を振り回し、木登りをし、共に学問の講義を受ける「豊《ゆたか》」は双子の兄妹と思っていて、「豊《とよ》を娶りたいが主家の権勢づくではなく気持ちを伝えるにはどうしたらよいか」と「豊《ゆたか》」に相談した、というのは宣重《のぶしげ》の黒歴史であり、おしどり夫婦と呼ばれる佐川家の笑い話となっている。

宣重《のぶしげ》の子は三人。温厚な長男・宣秀《のぶひで》、算術の天才と誉れ高い次男・重政《しげまさ》、そして美弥《みや》。この美弥姫が黒猫・玉の主である。

いかにも「太平の世」の武士らしいと言えばらしいが、宣秀《のぶひで》も重政《しげまさ》も剣術はそこそこという程度であるのに比べ、よちよち歩きの頃から練習についてきた美弥は見よう見まねで棒切れを振り回して兄と共に練習に励み、あっという間に兄たちを凌駕《りょうが》し、やがて出入りの剣術指南役をつかまえて本格的に教えを乞えば瞬く間に上達して、十六になった今年、師匠いわく「教え子の中で一、二を争う速さ」で免許皆伝となった。

そして今。

美弥の趣味は供も連れずに行く散歩である。

免許皆伝となったら江戸城下、ぶらぶら町歩きを一人で楽しむと勝手に誓いを立てていた美弥は有言実行の人である。

良識人の兄たちは心配してやいやいうるさいが、もともと剣術好きだった母は目を細めて「美弥は頼もしいこと」と言うし、その母に甘い父は当然美弥にも甘く、「輿入れまでは好きにさせてやれ」と言う始末。

だから美弥はこのところほとんど毎日のように一人で屋敷を抜け出していた。

正確には、一人と一匹、であったが。

黒猫・玉はその名の如く射干玉《ぬばたま》の美しい黒い毛並み、宝玉の目がご自慢の美猫であるが、その体躯はいつまでたっても子猫に毛が生えた程度。なぜか成長が止まってしまったため、それをいいことに美弥の懐や袂《たもと》に潜り込んでは美弥と共に屋敷の外を満喫していたのだった。

＊＊＊

美弥は人気者である。

町を歩けば人々は振り返り、ため息をつく。積極的な町娘からの付け文はひきもきらない。

目立たぬ色の袴《はかま》に小袖。脇差《わきさし》を差して、見事な黒髪は後ろで高々と一つに結わえている。ふっくらとした桜貝を重ねたような唇、つるりとした卵肌の細おもて。人形のように整った目鼻立ち。

月代《さかやき》を剃らず前髪も切らず、いわゆる総髪と呼ばれるその姿は、美貌の小姓か御典医のお弟子か、はたまた少々風変わりな意匠を好む元服前の武家の令息か、と江戸のそこかしこで娘たちの心の臓を鷲掴みにしていた。

ならず者に言い寄られていた茶屋の娘を助けたり。

道に迷った老人の手を引いてやったり。

肩が触れたのぶつかっただのと因縁をつける不良侍を諌《いさ》めたり。

本人が気負わず飄々としているので、ますますその評判は高くなる。

さらには時折、その胸元から愛らしい黒猫が顔を出しているものだから騒ぐなと言うほうが野暮というもの。

お強くて美しいと憧れる者。猫だけでも譲ってほしいだの、男色の相手にと不埒《ふらち》な目で見る者。

実際、陰間《かげま》茶屋へのお誘いも一度や二度ならず、であったが、美弥はいずれも軽くいなして気にもとめない。さばけた性格であるし、女子《おなご》の自分が男装をしているのだからさもありなんと腹が据わったものだ。黄色い声やら鼠鳴きやらを適当にあしらいながら江戸のあちこちを歩き回り、買い食いをし、茶屋で一休みし、「岡場所と吉原以外は踏破した」と誰に自慢するでもないがいっぱしの江戸通を自負するようになった頃の、ある日のこと。

——前を歩く男の挙動が美弥の目にとまった。

なんということはない、目立たぬ町人風に装った小男だが歩き方に隙がない。日本橋《にほんばし》界隈の目抜き通り。行き交う人で溢れかえっているが、用事のある者は早足、そぞろ歩きはそれなりの風情。侍か町人か僧侶か町娘か、それぞれの身分や目的で歩き方が異なっている。

（ふん、これは）

美弥は軽く目を瞠《みは》った。

小男はすい、とさらにその前を行く者との距離を詰めた。

大小を差してはいるがまるで警戒心もなく、たいへんおっとりとした歩き方で左右を楽しげに眺める着流し姿の侍に、町人風の男はとん、と軽く肩を合わせる程度にぶつかって、御武家様、申し訳ございません、と口の中で呟きながら数歩下がって人波に紛れるや、脱兎の如く走り出す。

（掏摸《すり》だ）

「おぬし！　そやつを追え！」

言うが早いか、美弥は男を追った。

「おぬし？　――わたしのことか？」

掏《す》られた侍は振り返って女のように小首をかしげるのみで埒が明かない。美弥は俊足を飛ばしてあっという間に小男に追いつくと、足払いをかけてそのまま腕を捩《ねじ》り上げた。

まああの方よ！　とか、若様、あっしが加勢を！　という声を聞き流し、美弥は暴れる男の背中に軽く膝を当ててのしかかる。

男にしてみれば渾身の力だろうが、地面に這いつくばらされ、急所を押さえられていてはどうにもならない。

じたばたとしながら憎まれ口をたたく。

「くそ、いってえ、はなしやがれ！」

「貴様が掏ったものを返してもらおう」

「そんなもの、俺は知らね、ってええ！」

美弥はもう少しだけ捻《ひね》る手の力を強めた。

大した力は入れていない。関節を極めているだけだ。

いたいいたい、と情けない声が上がる。

「番屋へ行く前に腕を折られたいか？」

「わ、わかったよ！　返すっからはなしてくれよ」

「はなしてもよいが逃げるなよ」

美弥は用心深く拘束を解いた。

小男は腕や手首をさすりながら、存外おとなしく巾着を投げ出す。

「これだけか？」

ぎろりと睨まれ、気弱げな掏摸《すり》は飛び上がる。

「ほんとだよ！　お天道さんに誓ってこれ以上は」

「まあいい」

美弥は手を払いながら立ち上がった。

ぐるりと周りを見渡すと野次馬の山だ。

自分の巾着だろうに、目を丸くして見物しているさっきの若侍の姿も見える。

なんだ、あの男は。他人事のように。

美弥が思わず軽く舌打ちしていると、あ、あの若さんだ、役者さんみてえだと囃《はや》す声が聞こえてきた。

さすがに、これはまずい。

この程度の掏摸《すり》、番屋に突き出したところで美弥にとっては面倒が増えるばかりだ。男と名乗っているわけでなし、後ろ暗いことをするでもなく、特段派手にしているつもりさえないが、幕閣の重鎮、佐川の息女と知れたらことだ。

父上、兄上たちの面目にかかわる。

美弥は地べたに手をついたままうなだれる男を見下ろした。

美弥の脅しはかなり痛かったのだろう、すっかり震え上がっているらしく逃げる様子はないし、新手の掏摸《すり》にあると聞く、物騒な匕首《あいくち》を仕込んでいるわけでもなさそうだ。

しばしの無言に耐えかねたようにそろそろと掏摸《すり》が顔を上げると、厳しい面持ちで黙考する美弥と目が合い、またあわてて額《ひたい》を地面に擦り付ける。

ずいぶんと怯えているようだ。

掏摸《すり》といってもまだ素人か。掏摸《すり》の素人、というのもおかしな話だが。

美弥は内心苦笑しつつ、

「――お前の顔はようく覚えとく。二度目があればお前の利き腕、たたっ切ってやる」

はったりを利かせて言い放った。

ごきごきと音がなるほど力強く首を縦に振る掏摸《すり》を見下ろして、念を押す。

「よく聞こえるように返事をしろ」

「わか、わかりやした、おさむらいさま、もう二度と……」

「いけ」

「へ、へえ……」

ふらふらと立ち上がり、もう一度蜻蛉《とんぼ》が切れそうなほど頭を下げると、踵《きびす》を返してよろめきつつも逃げ去ってゆく。

「なんだ、逃がしちまうのか」

「若さん、お優しいこって」

「お顔もお心もおきれいだな」

「――皆、もうよい。見世物ではないぞ」

不平を言う者、美弥を揶揄《やゆ》する者。野次馬はてんでに騒いだが、江戸の町に掏摸《すり》は珍しいことではない。巾着は戻ったようだし、妙に威厳のあるこの若君が見逃したのだからまあそれでよいのだろう。

集まるのも早いが散るのも同様、いくらもせぬうちに人だかりは消え失せ、あたりはまたもとの平和な喧噪に包まれた。

「――おぬし」

巾着を返してやろうと美弥が向き直ると、さきほどの若侍が深々と頭を下げていた。

「かたじけない。礼を申す」

「……いや。それより、おぬし」

美弥はじれったそうに華奢な手を振った。

「不用心すぎるのではないか。あの程度の掏摸《すり》、気づかなくてどうする」

「面目ない」

顔を上げた若侍はおっとりと微笑んだ。

温和な目元が涼しげで、すっきりと整った顔立ちなのだが、にこにこと人のよさ丸出しで微笑むその姿は、陽だまりのお地蔵様のよう。

（武士とは思えぬ。腰の大小が惜しいわ）

美弥は一瞥して手厳しく決めつけた。

大名家の姫である上、武芸を極めた美弥は、当然ながら目利きである。この男の携える刀も、それなりのものであることは柄《つか》や鍔《つば》を見ればわかる。

（刀身だけ竹光ということもあるまい）

汚れのない白足袋《たび》。着流しはよく練られて鈍く光る藍色の絹地で、どこぞの旗本の跡取りか、と美弥が値踏みしていると。

「おい、……若、若!!」

焦った大声と共に人々の間から大柄な男が飛び出してきた。

勢いがよすぎてわずかに通り過ぎかけ、身を翻して「若」の肩を掴む。

「若！　もう、どこへ行っちまったかと……」

「やあ、律。ずっとここにいたよ」

「嘘つけ、ちょっと目を離すと」

「それよりね、律。このお方が掏摸《すり》をつかまえて下さったのだ」

「掏摸《すり》を？」

「律からもよく礼を申し上げておくれ」

「それは……」

男はようやく美弥を振り返り、そして瞠目《どうもく》した。

男は背が高い。美弥は女性としては長身だが、それでも男の肩あたりまでしかない。

律と呼ばれた男は明らかに元服前のいでたちの美弥を頭の先から足の先までじろじろと眺めた。

何しろ、めったにない美貌である。男は賛嘆の色を隠そうともせず、

「これはまた」

と、まず一言、呟いた。

美弥は人々のこういう反応には慣れている。気にもとめず、

「おぬしが供の者か。江戸は掏摸《すり》にかっぱらい、夜ともなれば辻斬りもいる。せいぜいその〝若〟から離れぬことだ」

「ご親切に、いたみいる」

長身の男は年若い美弥の大真面目な説教を小馬鹿にする様子もなく、頭を下げて丁寧に言った。

「それがしは時任律《ときとうりつ》と申す。こちらはそれがしのお仕えするお方だが、わけあって名を明かすわけには参らぬゆえ、ご容赦を願いたい。聞けば掏摸《すり》をつかまえ、巾着を取り戻して下されたとか。あらためて御礼申し上げる」

「行き掛かり上だ、気にするな」

美弥は簡単に応じると、律に頭を上げるよう促した。律は顔を上げるとまた遠慮なく美弥の白皙を見下ろし、感に堪えぬように小さく首を振った。

「これはまた。……男にしておくのが惜しい」

「律、江戸では衆道も盛んらしいよ」

「うむ。……俺は女子《おなご》しか抱く気はなかったが宗旨替えも、って、若！　不届きであろ

うが」

「あはは」

のんきな主従だ、と美弥は呆れ半分、あとの半分はあらたな興味を持って二人を眺めやった。

なまっちろい若に従う律は精悍《せいかん》な印象の男だ。

少し日に焼けた浅黒い肌、鋭い眉、くっきりとした切れ長の目。みごとに整った目鼻立ちだが、あくまでも男性の美しさだ。堂々たる体躯、眼光、手練《てだ》れらしい挙措がそれを物語る。

（強そうだな。わたしと互角、いやそれ以上、か）

賢い美弥は、自分に足りないのは実戦だとわかっていた。

この男――律は、道場で鍛えただけではない、いわば「本物の」手練《てだ》れの匂いがする。

それに。

（美しいな。兄上たち以上に美しい男などそうはいないと思ったが）

剣の腕はいまひとつだが、美弥の兄たちはその男ぶりのよさで有名なのだ。

（強くて、美しくて。……このような男、女子《おなご》が放ってはおくまい。聖人君子というわけでもなさそうであるし……）

「……そろそろよいか?」

「……え?」

苦笑交じりの声で我に返る。

いつのまにか、美弥は律の顔を見つめたまま物思いに耽っていたらしい。

「すまぬ」

美弥はわざとらしく二、三、咳払いをした。少し頬を染めているさまは、そこらの女など足元にも及ばない色香を漂わせている。困ったことに、本人はそれに気づいてはいないようだが、と二人の主従は期せずして同じことを考えていた。

「え、と、その……〝江戸では〟と言ったな。おぬしらは旅の者か、それともこちらへ来て間もないのか」

「いかにも」

「おい、若!」

のんきに首肯した主を叱責したが、もう遅い。

わずかな一言を聞き漏らさない美弥の鋭さに内心舌を巻きつつ、

「実は昨日江戸入りしたばかり。行きたいところがあるのだがわからず困っている」

と打ち明けた。

「さきほどそれがしが若から離れたのも」

「道を聞きに行ったのか」

「さよう」

「わたしの知っているところであれば案内するぞ」

心もち胸を張って美弥は言った。

江戸生まれの江戸育ち。大名家の姫君ではあるが、ここ半年かそこらは精力的に歩き回っているから、なまじ仕事で持ち場から離れられぬ町人より詳しいはず、と自負している。

どうする、とわずかに男二人は視線を絡ませてから、軽く頷《うなず》き合った。

どのみち人に聞かねば江戸の町はわからないのだ。

「――本所深川《ほんじょふかがわ》へ行きたい」

「深川か。近いな」

日本橋《ここ》からは一里もあるかどうかだな、と美弥は細い指を頤下にあてて小首をかしげた。

大名の江戸屋敷が多く屋敷を構えている。実は美弥の住居、鵺森藩《ぬえもり》の江戸屋敷もその界隈だ。あのあたりなら目をつぶっていても歩けそうだ。

ただし、あまりに自分の屋敷に近いと面が割れそうな気がするから要注意か。

「剣術道場に用がある。名を申してもおそらくわからぬであろう。さほど大きな道場ではないと聞いているからな。せめて本所深川とやらまで案内頂けないだろうか」

わずかに柳眉を寄せた美弥を気遣ってか、律は「そこでまた人に聞くから」と言い添えた。

「さきほどそこの酒屋で聞いてみたが知らぬとのことであった。とりあえず、深川の八《はち》幡宮《まんぐう》を目指し、たいそうな賑わいゆえそこでまた人に聞いてはどうかと」

「なるほど、確かに」

八幡様の界隈なら自分が連れていってもまあいいだろう。

市のたつ日、奉納のある日でなくとも江戸最大の八幡様としていつもたいそう人出《ひとで》が多く、そこなら美弥ひとりが目立つこともないと思われる。

木は森に隠せと言うしな、と、美弥はうんうんと一人で頷《うなず》き、二人の男はさても美しい若者よとこっそり囁き合いながらそのさまを見守っている。

「――あ、しかし」

美弥は思いついたように顔を上げた。

「知っておるやもしれぬ。いちおう念のため道場主を聞いておこうか」

「速水《はやみ》道場と聞いている。新陰流《しんかげりゅう》だ」

「速水……道場？」

「もしかして、ご存じか」

「ご存じもなにも」

長い黒い睫《まつ》毛《げ》を二、三度瞬かせたのち。

美弥は桜色の唇の端をきゅっとつり上げてなんとも魅力的な笑みを浮かべた。

晴れやかなのに蠱惑《こわく》的で。清々しいのに艶めかしくて。

二人の男が期せずして同時に生唾を飲み込むほどの美しさ。

「どうした、二人とも。鳩が豆鉄砲を食ったような顔をして」

美弥は自分の笑顔の破壊力など知る由もなく、にこやかに言った。

そして軽やかに踵《きびす》を返す。

「参ろう。わたしの師匠の道場だ」

＊＊＊

江戸入りして二日目、という二人が美弥に巡り合ったのは神仏の導き以外の何物でも

なかった。彼らの故郷も城下町こそ栄えてはいるが、将軍様のおひざ元、花のお江戸の

それも日本橋界隈ときたら、知らぬ者からすれば祭りでもやっているのかと思うほどのにぎやかさ。

運よくあまり大きくもないらしい剣術道場を知っている人物に出くわすことはまずなかっただろうし（そもそも町人に剣術道場のありかを尋ねることからして誤りであったろう）、深川までといったって必ずしも要領のよい道順とは言えず、無駄に遠回りだってしかねない。健脚であっても慣れぬ町で動きまわっては疲れは倍増することだろう。

この店の団子が美味いだの、あの店の蕎麦は絶品だの。あそこの酒屋は吝嗇《けち》らしいぞ、薄め過ぎだ……云々、とりあえずは目的地を目指しながらも嬉々として美弥は説明し、二人の侍はおとなしく謹聴しつつ半ば口を開けてあたりを見回しついてゆく。

――ほどなくして。

八幡様前のとんでもない人混みをかいくぐり、二、三度、大小の辻を曲がったところにそれはあった。

さきほどまでの喧騒は嘘のよう。静かな町屋敷だ。間口は広くはない。しかし奥行き

があるのか、上背のある男たちが背伸びをしても杉戸の向こうは見渡せない。深閑と静まり返っている。

「これでは我らでは到底見つけられまいな」

律は唸った。何しろ、看板ひとつ出ていないのだ。

「わたしの〝もと〟師匠だ。今は師匠のゆかりの者、伝手《つて》のある者だけ、稽古をつけて下さる」

美弥は言いながら、杉戸に手をかけ、二人を振り返った。

「おぬしら、初めてなのであろう。わたしが話をつけてきてやるゆえ、しばし待て」

「いたみいる」

「そうだ、〝若〟と申されたが、おぬしの名は？　さきほどは名乗れぬと言われたが、さすがに名を隠したままの者を師匠に引き合わせることはできん」

美弥の、まっすぐな黒い瞳が律と〝若〟を射抜いた。

「ちなみにわたしは美弥という」

あまり構えることなく、するりと美弥は言った。

男性にない名前ではない。下手な偽名を名乗るよりこれでよいと判断したまでのこと。

ちなみに苗字はさりげなく省略した。佐川はまずいに決まっている。

「時任律殿はわかる。して、おぬしは？」

「……若瀬《わかせ》と言う」

「おい、〝若〟っ！」

「え？　若君の〝若〟、では……？」

うろたえる律と当然に聞きとがめた美弥の声が重なった。

一人、〝若〟、つまり若瀬のみが口元をほころばせて、「若、は渾名《あだな》だよ。勝手に勘違いしてもらったほうが都合がいいこともあってね」とけろりとして言う。

「ね、律」

「いや、その……美弥殿。たばかるつもりはなく、いつも若と呼んでいて、それで。しかし若君、と言う意味もないでもなくてだな」

「時任殿。何を言ってるかよくわからぬゆえ、もうよい。……では、〝若〟殿もここでお待ちを」

切り替えの早い美弥に二人は恭しく頭を下げ、馬の尻尾のように揺れる美弥の黒髪を見送った。

＊＊＊

「――で、そこもとらはこの老人に何用か」

挨拶もそこそこに内々のお話をぜひともさせて頂きたく、と初見の二人の侍から懇願され、美弥の口添えで彼らを奥座敷へ通した速水師匠――速水辰馬《たつま》は単刀直入に切り出した。

老人、などと自分で言っているが、さほどの年齢には見えない。

速水師匠――速水辰馬は髪こそ雪のように白いが、本人の言う通り「老人」と評すことができるのは髪の色だけだ。姿勢のよさ、眼光の鋭さはいかにも強者らしい風貌であり、かつ貫禄もあって、心なしか往来にいたときより美弥の態度は神妙に見える。

もっとも、美弥が少しばかりおとなしいのには他に理由があったのだが。

美弥は、自分の「姫としての」素性は隠してもらいたい、ただの「美弥」として二人に接するつもりだと師匠にごり押しをしたのである。

かつての愛弟子は言いだしたら聞かないし、そしてまた揺籃《ようらん》の頃から美弥を知る速水は、剣技以外のことについて美弥のおねだりにめっぽう弱い。

危ないことはせぬし、いわくありげな、江戸に不慣れな二人の役に立ちたいと懇願され、若き頃は剣豪と称された速水辰馬ほどの男が、わりとたやすく陥落した。

二人が招き入れられる前のことである。

「表向きより退いた身。今になってそこもとらのような若者が訪《おとな》うてくれるとは」

「まずは礼を失した突然なる訪問、心よりお詫び申し上げます」

若瀬、通称〝若〟は丁重に頭を下げた。律もそれに倣う。

「火急の用向きにて。命と、御家に関わることなればご助力を賜りたく……」

「して、どのような。そもそも、なにゆえに速水の名をご存じか」

「無論、申しあげます。ただ……」

ちらり、と若と律は速水師匠の斜め後ろに控える美弥に視線を投げかけた。

「わたしは席を外しはしないぞ。おぬしらに万万が一、害意があったら、師匠に申し訳が立たぬ」

「害意などあるわけが」

「ないとは言い切れぬ。後先考えず案内したが、仇討《あだうち》などではなかろうかと今頃になって心配になったのだ。師匠の傍でわたしも話を聞かせて頂く」

美弥は自分が座を外すことなどありえないと言い張った。

さて困った、と律と若瀬は揃って眉を寄せた。

巾着を取り戻してくれただけでなく、道案内までしてくれた。そしてその案内先は自分の師匠だと言って、約束はもちろん面識もない、書状ひとつない二人が師匠に会えるよう口添えしてくれたのだ。

「お二人とも。これなる美弥はそれがしが剣を教えた中でももっとも優秀なる者の一人。この若さで免許皆伝の腕前じゃ。心技体まことにすぐれ、頼むに足る者。美弥を外さねばできぬ話ならお帰り頂こう」

「はっ……」

このいかにも厳しげな男がここまで言うのだ。信じるしかない。信じなければ先へ進めない。

助力を乞えと言われたのだから。

いまわのきわの、あの男に。

「……速水師匠。そして美弥殿。申し上げるまでもないが他言無用に願いたい」

当然だ、と頷《うなず》く美弥の白皙と、わずかに首を縦に振った速水師匠を見つめながら、律は重い口を開いた。

＊＊＊

あたしは退屈になってきた。

今日も姫様の胸元に潜り込んで町見物をしよう、と思っていたのに、なんだかいつもとは違う流れになっている。

知らないお侍が二人。

にこにこしているお侍は人がよさそうだけれど胡散臭い。あたしが姫様と出会う前、笑いながら汚いと言って蹴飛ばしてきた男がいたんだわ。身なりもいいし温厚そうではあるけれど用心しようと思う。

それからとても背の高いお侍。眼光が鋭い。目つきが悪い、というのとは違うから怖くはないけれど。強い人かもしれない。雰囲気というか、身ごなしというか。なんとなく稽古をしているときの姫様に似ている。

姫様はどうしてしまったんだろう。

今日は新しい猫じゃらしを買ってやろう、って言ってくれてたのに、剣術道場《こんなところ》に来てなんだか難しい話が始まりそうだ。

姫様のお師匠も厳しい顔をしているし。たまに会うこの人、皆が見ていないところで、あたしに浴びるほどおやつをくれるんだけれど、今はくれないみたい。

あたしはとりあえず姫様の胸元から顔だけ出してみた。

「――おや」

「お、これは」

二人は目を丸くしてあたしを見つめた。

お師匠が少しだけ目元を柔らかくしている。

姫様は「玉、どうした」と言ってきれいな人差し指で喉を撫でてくれた。

「ずいぶん小さいな。子猫か」

若、と呼ばれているほうの人が言った。

大きくなれないの。でもだから姫様の懐に入っていられるの。放っといてほしいわ。

「美しい猫だな。濡羽色《ぬればいろ》だな」

「射干玉《ぬばたま》と言ってやってくれ。名は玉という」

すかさず、姫様があたしの頭を撫でながら言ってくれた。

濡羽色《ぬればいろ》はイヤだわ。

あたしは小さいから、奴《からす》らに狙われたらたいへんだもの。奴らは天敵なの。

律、とかいう背の高いほうの人にシャア、と鳴いて抗議してやったのだけれど、彼はくすりと笑って「悪かった、もう言わないから勘弁してくれ、玉」と言った。

目力のすごい人だけれど、笑うとずいぶん親しみやすくなる。

すぐに許してやるのもどうかと思って身構えていたのだけれど、「玉、ここへ」と言って胡坐《あぐら》をかいた自分の膝をぽんぽん叩いている。猫好きなのかもしれない。

お屋敷を出てからずっと懐の中だったから、ちょっと手足を伸ばしたいかも。

どうしよう？　と姫様を見上げると、姫様は「撫でさせてやったらどうだ？」と言ってくれたので、あたしは飛びおりて、まず前足を伸ばして、そのあと後ろ足も伸ばしておいた。気持ちがいい。

駆け寄るほど抱っこに飢えてないから、あたしはゆっくり歩いて彼に近寄った。

「ここだここだ、玉」

ぽんぽん膝を叩いているけれど、あたしはまず差し伸べられた手の匂いを嗅いで、膝の匂いも嗅ぐ。うっかりお屋敷内の中間部屋なんかへ行くと、男たちの汗の臭いとか酒や煙草の臭いがしてうんざりなのだけれど、この男はそんなことはなかった。悪くない。

慎重にまず額をぶつけてから、すり、とひねりを加えながら耳の後ろを擦りつける。

「愛いな、玉」

あたしが勿体《もったい》ぶっていたら、とうとう男はあたしの首の後ろを摘《つま》み上げて胡坐《あぐら》の中に入れた。

広くて温かい。

姫様もいい匂いがしてきれいで大好きだけれど、この男の胡坐《あぐら》の中もかなり悪くない。

頭、喉とゆっくりと、毛並みを整えるかのように撫でられて、あたしは喉を鳴らしながら目を閉じた。

＊＊＊

「——我らは椿前藩《つばきまえはん》の者。もっと言えばその継嗣《あとつぎ》と幼馴染だ」

黒光りする美しい猫を撫でながら、律はとんでもないことを表情ひとつ変えず口にした。

椿前藩《つばきまえはん》。当代の藩主は藤田令以《ふじたりょうい》。

佐川家同様の譜代大名《ふだいだいみょう》で、石高は三十五万。関八州に隣接、つまり参勤交代もたいして苦にはならない好立地の所領を持つ、堂々たる国持大名である。

なまじのことでは表情筋を動かさない速水も眉を跳ね上げ驚きを隠そうとしない。

若い美弥はあんぐりと口を開けた後、今度は何を思ったか大変難しい顔をしてふっくらとした唇を引き結んだ。

「名乗らずにいたわけは、まあ事情が事情だけに、ということだ。悪かった」

美形はどんな顔をしてもさまになるな、と思いつつ、律は美弥を視界の隅にとらえながら言った。

「事の発端は殿のご不例だ。今は江戸詰めだが、昨年国元を出立される頃よりたびたび床に就かれることが多く、このたびついに隠居を決意された。そこで同じく江戸におられる嫡男・和春《かずはる》様が順当に家督を継がれることになったのだが」

律はいったん口を噤《つぐ》み、傍らの若瀬をちらりと横目で見た。

わずかに目交ぜしてから頷《うなず》くのを見届けて、彼は皆の前に置かれたまま、温《ぬる》くなりかけの白湯《さゆ》を一口、飲んだ。

「――なんと和春様が急死された。心の臓が急に止まった、とのことだがどうだか。幼き頃より、病ひとつされなかったというのに。まあ、死に目にも会えず、突然のことにて実感が湧かぬというのが本当のところだが。……で、家督は次男に渡ることとなった」

「それが、若瀬殿か」

美弥姫にひたと見つめられ、若瀬は曖昧に笑んで答えの代わりとした。

「そこで、だ。国元でのほほんとしていた次男が（そんな言い方はないよねと若瀬は小声で抗議した）急遽呼び寄せられたのだ。正室の子といえど次男坊。国元で気ままに暮らしていた男に家督が渡ることになって、三日前、取るものもとりあえず出立した」

「ずいぶんと慌ただしいことだな」

「いかにも。美弥殿は聡いお方だ」

柔らかな笑みを引っ込めると、今まで黙っていた若瀬が初めて口を開いた。

美弥のまっすぐな視線を受け止めながら、彼は笑みは消しても感情の読めない穏やかな表情を見せている。

「慌ただしすぎた。なぜか？　嫡男急死の報《しら》せと同時に江戸から迎えが来たからだ。もともと家督相続の届け出は済んでいて、将軍様に謁見する日が決まっているから動かすわけにはゆかぬと」

「嫡男の急死、という不測の事態があってもか」

「考えてみればそのとおり。願い出れば日時の変更は可能だったかもしれないのに、迎えの一行は我らに考える間を与えず、出立を急かした。供の者など後から呼び寄せればよい。少人数でかまわないと。それで我らとあと一人、わずか三名で江戸へ向かうことになった。迎えの二十名と共に」

「……おぬしらは二名」

低い声で美弥が言う。

「もうお一人のお連れはいかがされた」

「死んだ。斬られた」

口調だけはあっさりと、律は言った。

いつのまにかすっかり寝入っているらしい玉を撫でる手は止まり、両手を握りしめている。

激情を迸《ほとばし》らせないよう、まるで拳の中に己の感情を閉じ込めようとするかのように。

「江戸はすぐそこ、しかしもっとも深い峠道にさしかかったときだ。突然、迎えの一行は我らに刃を向けた。武士の誇りもなく、後ろから前から数を頼んで斬りかかってきた。雑兵ならなんということのない人数だが、皆、けっこうな手練《てだ》れ揃いでな。俺は腕に覚えがあるし、若もこう見えてそれなりゆえ、わが身くらいは守れる。しかしもう一人は歳であった上、囲まれ、一度に斬りかかられて。……それで」

「気の毒なことだ」

美弥は呟いて長い睫毛《まつげ》を伏せた。

「事の次第を吐かせようとなんとかひっとらえた一人は、太刀傷がもとで数刻後には死んでしまった。一行のうち、二人くらいは逃げおおせたと思う。今頃とっくに江戸屋敷では襲撃失敗の報を手にしていよう」

「江戸屋敷で何が起こっているのか。わからぬうちはのこのこと顔を出すわけにゆかず」

若瀬はこのあたりまできてようやく、焦慮《しょうりょ》と苦渋をその声にわずかに滲《にじ》ませた。

「我らが生きていると知れている限り、必ずまた狙われる。それに、奴らはなんとしても我らを狙う理由がある」

「理由？」

美弥は小首をかしげた。

豊かな黒髪がふわりと動き、焚《た》き染《し》められたらしい品のよい香がかすかに一同の鼻腔を擽《くすぐ》る。

「どんな理由が？」

「神君・家康《いえやす》公から賜ったという脇差《わきさし》だ」

「ほう、それは……いや、家宝であろう」

それはうちにも似たような謂《いわ》れのものがあるぞと言いそうになり、美弥はなんとかそつなく相槌を打った。

「して、その脇差《わきさし》が？」

「藩主の形代《かたしろ》として、家宝として、藩主が江戸にあるときは国元に、国にあるときは江戸に置く習わしなのだが、家督相続のときのみ、次代当主はこの脇差《わきさし》を現当主から受け取る。江戸屋敷において、将軍家から参られる使者殿の目の前で。それゆえその日までになんとしても脇差《わきさし》が必要なのだが、奴らはそれを奪えなかった。殺害に失敗し、脇差《わきさし》も奪えなかったとなると」

「……血眼《ちまなこ》になっておぬしらを探しておろうな」

美弥が後を引き取った。

美弥の一言に何の誇張もないことは明らかだった。

既に一人殺されている。そもそも、二十名もの人間を刺客として送り込むとは敵の本気度も知れようというものだ。血眼《ちまなこ》になって探して、次男と側近を消し、家宝の脇差《わきさし》を奪う。そしてその後は？

「――しかし、律殿。ではいったい誰が椿前《つばきまえ》藩を継ぐというのだ？　嫡男、次男と消して、他に誰ぞいるのか？」

「目星はついている」

苦々しげに、律は言った。

のほほんとして見える傍らの若瀬も、さすがに厳しい面持ちだ。

「江戸家老が連れてきた男だ。ほんの半年前のことだ。殿のご落胤《らくいん》と言い張って家老みずから強引に仲立ちをして江戸屋敷の一角に住まわせた。これが発端だ」

――嫡男急死の半年前、椿前藩《つばきまえ》ではちょっとした騒動が起きた。

藩主のご落胤が現れたのである。

謹厳で、江戸はもちろん国元にも側室を持たなかったはずの殿にご落胤などありえない。家中は蜂の巣をつついたような騒ぎとなったが、意外にもさほどのときを経ずして鎮静化した。

ご落胤の存在を明らかにしたのが、なんと椿前藩《つばきまえ》一の実力者、江戸家老・林惟信《はやしこれのぶ》であったためだ。

藩主・藤田令以の幼馴染であり、切れ者と名高い江戸家老は「いつか殿にお目通りのかなう日まで、恐れ多きことながら我が子とも思い大切にお育て申した」とまことしやかに語り、冷徹と評される鋭い目を光らせて異論・反論を封じ込めた。

驚愕する家臣たちを黙らせた後、なし崩し的に藩主・令以とそのご落胤を引き合わせると、どのような話し合いが持たれたのか、その者はとりあえず江戸屋敷の一角、通称・奥棟に住まいを与えられた。

「我らはこのあたりまでの事情しか知らぬ」

「知らされていなかった、というのが正しいのでしょうが」

「昨今のことどもを知っておれば、迎えの者どもの言葉を鵜呑《うの》みにして出立などしなかったであろうな」

そして仲間を失い、このように速水道場を訪ねる必要もなかったことだろう。

若瀬も律もその先を口にすることなく、肩を落とした。

――ご落胤が居を構えてからというもの、椿前《つばきまえ》藩江戸屋敷は急速に様変わりしていった。

ここからは、国元にいた若瀬と律の知らぬ事情である。

まずこの頃から、あまり人相のよくない侍どもがに出入りするようになった。

その者らは皆揃って奥棟を目指し、おそらくはご落胤とやらに目通りを果たした後、屋敷内を我が物顔に歩き回っている。じわじわと中間部屋を牛耳り始め、古参の侍と小競り合いを起こしている。

目に余ると注意した者は、江戸家老・林によって次々と閑職に追いやられた。

そして、実力者である江戸家老の後ろ盾をよいことに、ご落胤の贅沢三昧が始まった。

だが、藩主の庶子として認められたかといえばどうも様子がおかしい。家臣への披露目もないままであるにもかかわらず、まるで享楽に耽ること、それを許されることこそが、彼が藩主の血筋である理由と言わんばかりである。

殿はいかようにお考えなのだと屋敷うちで取り沙汰されるうち、正室を亡くした後、病がちであった令以は隠居したいと公言し、そしてとうとう嫡男が急死。

江戸屋敷の実情など思いもよらず、嫡男・和春の死のみを知らされ、若瀬と律は出立して——

「そもそも毒見役はおらぬのか椿前藩《つばきまえ》は。目付は何をしている？　どこから聞いても一服も二服も盛られたようにしか聞こえぬぞ」

座していてもなお体格のよい二人が悄然としているさまは、憐れとさえ言えたが、美弥はあえて容赦なく指摘した。

身元の詮議もそこそこに絆《ほだ》されてはならないと考えたらしい。

そして、美弥の指摘について当然思うところはあったのだろう。

二人の侍は大きな体を縮めるように身じろぎしつつ、目を逸らす。

毒についいては藩主が体調不良となった頃から調べさせているがはっきりしないこと。

毒見役が買収されている可能性があること。

江戸家老と、彼が後見をするご落胤とやらが黒幕であろうが、嫡男急死と今回の二十名もの刺客の件が明らかになるまでは国元へは何も知らされず、自分たちが狙われたことで思い当たったこと。

一人が口を噤むともう一人が後を引き継ぐように言葉を連ねる。そうしてなんとか知り得る限りのことを語り終えたらしい二人は、最後にがばりと身を伏せた。

「どうかどうか、お力をお貸し下さい。……なにとぞ」

「速水師匠、このとおりだ」

「待たれよ、お二方。そのようなことをされても」

額を床にこすりつけ、なりふり構わずといった風情の二人を前に、美弥は困惑したように眉尻を下げて、二人と傍らの師匠を交互に見やった。

速水は目を閉じたまま、ずっと沈黙を続けている。

傍目には居眠りでもしているかのようだが、静かな緊張感と言おうか、黙っていてもそれとわかるぴりりとした気配が立ち込めていて、彼が全身を耳にして聞き、そして考えているのだと美弥にはわかる。

美弥は、二人の話に嘘はなかろう、と、心中では既に判断を下していた。

なぜ、と言われても困るが、そこは身分の高い者。大名家の姫として幼少よりたくさんの大人たちに囲まれて育ち、そういう意味では同世代の少年少女よりも格段に大人びているだろう。男勝りの母、豊《とよ》からも、剣術の師、速水からも「心身を鍛え、真実を見抜く目を養え」と言い聞かされてきたのだ。

掏摸《すり》に狙われたときののんびりとした若瀬。

速水道場へ着くまでの雑踏の中、江戸の賑わいに目を丸くする律。

いかにもおのぼりの侍らしい風情ながら、剣術も学問も、それなり以上に修めたと思われる身ごなし、物言い。

（話のつじつまは合っている。与太話とも思えぬ。それにこの物腰ひとつとってもそのへんの浪人や田舎侍とは見えぬ。が……）

「お二方とも、まずはなおられよ」

いつまでも大の男にひれ伏されては居心地が悪いと美弥は苦笑した。

のろのろと顔を上げた二人に目を合わせ、ほんの一瞬にこりとしたが。

「脇差《わきさし》を、見せてもらおうか」

びんと張った、腹に響く声で美弥は言った。

思わず、眼前の二人は背筋を伸ばす。

それほどに、美弥の静かな声には迫力があった。

「話はわかった。だがおぬしらの話の証《あかし》だてになる何かが欲しい。となればわたしが思いつくのは脇差《わきさし》だな。まあ、精巧な贋作《がんさく》でも持ち込まれてはかなわぬが」

「贋作など、そのようなもの」

「律」

心外とばかりに思わず律が腰を浮かすのを、若瀬は袖を引いて止めた。

「美弥殿、仰せごもっとも」

若瀬は穏やかに言い、傍らの律に頷《うなず》きかけてから脇差《わきさし》を抜くと、恭しく美弥と速水に差し出した。

日本橋界隈で出会ったとき、なかなかの物だと美弥が値踏みしたそれである。

「どうか、おあらためを」

「若瀬殿。この期に及んで我らをたばかるか？」

差し出された脇差《わきさし》に手を伸ばばそうともせず、美弥は言った。

後れ毛を耳にかけながら若瀬と律を睨みつける。

美しいが鋭い視線は、まるで痛みすら感じるのではないかと錯覚するほどだ。

「よき物ではあろうが。……家康公は譜代たる臣下へ、そのような煌《きら》びやかな、見た目重視の脇差《わきざし》など下賜なさるわけがない」

美弥は断言した。

若瀬の目が、ほんのわずか細められる。

同じく、律も。

「神君・家康公は武士の世を興した源頼朝《みなもとのよりとも》公を誰より敬っておられた。華美に走り、弱体化した公家とは異なる武士の頭領たるゆえんとして、尚武のこころと質実であることを何より重んじられた。その家康公が」

ここで美弥は息継ぎをし、形のよい鼻をふんと鳴らした。

「藤田家ほどの譜代の家臣に見目よいだけの脇差《わきざし》など」

「美弥殿。……ひらに、ひらにお許しを」

若瀬の声色が変わり、深々と額《ぬか》ずいた。

一呼吸おいて、律も同様に頭を下げる。

「ご助力を願う立場でありながらご無礼を」

「わたしを試したか、若瀬殿。……ずいぶんと腹黒なお方だな」

「――お怒りはごもっとも。なれど」

「信じてほしいと言うその一方、我らが信じるに足る者かどうか試したわけだ。恐れ入る」

若い美弥は本気で気分を害したらしい。

白い頬を紅潮させ、なおも舌鋒鋭くやり込めようと口を開きかけたそのとき。

「美弥殿。……不快にさせて本当に申し訳ない。俺からもお詫び申し上げる。すまなかった」

律は身を起こしつつ、美弥の次の言葉を遮るように言った。

言葉つきは丁重だが、妙に押しの強い声音に、美弥も我に返る。

「美弥殿の言われる通りだ。こちらが美弥殿を試すなど、不遜の極み。……だがこれも心許ない我らの現状なれば、身を守るための悲しき性《さが》と思し召しあれ」

「……」

若瀬は押し黙り、美弥も、意外なまでの律の饒舌に気圧されたように口を噤んだ。

速水は既に目を開けてはいるが、全くの無表情で一連のやりとりを見守っている。

「美弥殿、こちらが件《くだん》の脇差《わきさし》だ。とくと、おあらため頂きたい」

「……拝見しよう」

律が差し出した脇差《わきさし》を、今度こそ美弥は両手で受け取った。

いぶしたように鈍く光る黒い鞘《さや》。目貫《めぬき》、鍔《つば》の意匠こそ見事だが、短めの柄《つか》はあくまでも実用に即したものだ。

「黒石目地鞘《くろいしめじ》か。なるほどな」

縁頭《ふちがしら》には黒漆で小さく葵紋が入っている。

(関ケ原に勝利されたのち、譜代の家臣に下賜されたものだな。佐川の宝物庫でも見た覚えがある)

冷静に検分の目を走らせる美弥を、若瀬と律は神妙な面持ちで見守った。

と同時に、声には出さず、そっと互いに目交ぜする。

美弥はどこから見ても良家の若君ではあるが、果たしてそのへんの「若君」が、家康公の意を汲んだ脇差《わきさし》の拵《こしら》えなど熱く語るであろうか。この太平の世に。

それになにより、葵紋を見ても動じない。一介の武士であれば脇差《わきさし》にすらひれ伏すであろうのに、平然としている。

どういうことか? こういったものを見慣れている?

自分もまた検分されているとは知らず、美弥は脇差《わきさし》を律の手に返し、「あいわかった」としかつめらしく頷《うなず》いた。

「わたしの見る限り、この脇差《わきさし》については偽りはなさそうだ」

「いたみいる。信じて下さるか」

「脇差《わきさし》は、な」

美弥は口を尖らせながら繰り返した。

まだ若瀬に腹を立てているのか、涼しげな切れ長の目を少しつり上げて睨んでいる。

そんな顔も可愛らしいなと、律は思わず緩みかけた口元を引き締めた。

美弥は気分を落ち着かせるつもりか、白湯をひとくちふたくち、啜っている。

「そもそも、おぬしらが助力を乞いに来たのは師匠であったな。……師匠は、いかがお考えか」

「ふむ」

端然と座し、腕組みをして聞き入っていた速水はここでしばらくぶりに声を発した。

若瀬と律ははっとした表情で姿勢を正す。

「時任殿、若瀬殿。貴殿らにこの速水を頼るよう申したのは鹿島兵衛《かしまひょうえ》であろう？」

「いかにも」

「やはり、ご存じであったか」

二人は揃って身を乗り出しかけたが、「まあ待たれよ」と速水はやんわりと制したのち、

「鹿島は儂《わし》の道場のことを申しただけか？　憐れにも、山中にその骸《むくろ》をさらしたのみ

か？」

「重ね重ね失礼した、速水師匠。……埋めてやる暇はなかったが、せめて形見をと思い、これを」

「――師匠、こちらです」

若瀬がかくしから懐紙に包んだものを取り出した。

速水は軽く頷《うなず》いて受け取り、かさかさと包みを解く。

まず最初にお渡しすべきだった、こちらはべつに試したり含みがあったわけではないと若瀬が言い募るのを適当にあしらいつつ、速水は取り出したものを一瞥するや「ああ」と低く呟いた。

美弥も、細い首を伸ばして覗き込む。

「遺髪と、彼の護符です、師匠」

「見ればわかる」

若瀬の言葉に、速水はひどく素っ気なく応じたが、言葉つきとは裏腹に、しわ深い手で護符を大切そうにそっと撫でている。

表面が磨滅しかかった摩利支天《まりしてん》の護符には、真一文字の刀傷らしき痕があった。

「修行中、真剣試合の折、この護符が刃先を受け止めたのだと。まことに、守り本尊であると」

「癖のある髪ゆえ髷《まげ》が結いにくいといつもこぼして」

「――もう、よい」

速水はいくども頷《うなず》きながら、それらを丁寧に包み直した。

「では、証だては」

「もうよい。いや、もう十分じゃ」

しばしの間、速水は顔を上げなかった。

顔を見られたくないのかもしれない、と美弥をはじめ若瀬も律も、正しく理解した。

――雀《すずめ》のさえずりに交じって、何かの物売りの声が聞こえ始めた頃。

「師匠殿。して、どのような知己で？」

美弥は静かに問いかけた。

「兵衛は、いや、鹿島殿は同門の兄弟弟子だった」

顔を上げた速水はもとの無表情を取り戻していたが、それでもその声音は柔らかくて、十分に昔をなつかしむ響きがあった。

「儂《わし》のが先に免許皆伝となってな。鹿島殿は悔しがったが祝ってもくれて、まあ気持ちのよい奴であった。江戸で儂《わし》と共に剣術を極めると申しておったが、父が病がち、側にいて孝行をしたいと郷里へ戻ったのだ。そういえば椿前藩《つばきまえ》であったな。儂《わし》の師匠の口添えで仕官が決まったと。……そうか、あの鹿島兵衛が……」

美弥も律も若瀬も、速水の思考を妨げまいと息をひそめて次の言葉を待った。

「──時任殿、若瀬殿」

「は」

二人は神妙に頭を下げる。

「藩の一大事をよくお話し下された。そして兄弟弟子の形見までお届け下さるとは。──この速水、でき得る限り助太刀致そう」

「かたじけない」

「なんとお礼を、申し上げてよいやら……！」

落ち着いているように見えても、速水の半分の歳もゆかぬ若い二人である。

慣れぬ江戸で、顔には出さなくとも緊張し、また不安にも思っていただろう。

そもそも、本当に「本所深川の速水道場」があるか保証すらなかったのだ。

二人は姿勢を崩さないまでも、目に見えて肩の力を抜いたようだった。

師匠の心強い言葉を聞いて、美弥もほっとしたのだろう。

「師匠。わたしからも御礼申し上げる」

深々と、とても美しい礼をとった。

姫様そのような、と言うわけにはゆかず、いやいや顔をお上げなされ、と速水は穏やかに、しかし反論を許さぬ断固たる口調で美弥の姿勢をあらためさせると、美弥はずいぶんと安堵したらしい二人に目を向けた。

「よかったな、二人とも」

輝くような笑みを浮かべた。名工の渾身の作のような、人形のように整った美貌が、笑顔になるとたちまち輝きを増し、生気が宿る。

物は言いよう、のほほんあらため飄々とした若瀬も、腹の据わった男らしい風貌の律も、これには思わず口を開けて見惚れた。

この笑顔は素晴らしい。いや、けしからん。むやみに振りまくものではない。

若瀬も律も、わけのわからない相反する思考にとらわれそうになるのを必死に堪え、適当な言葉を探す。

「――い、いや、美弥殿にもお礼を申し上げねば」

「案内のみならずこのようにお引き合わせ下さり」

礼の言葉も見つからぬ、と呟いた律は、あらためて膝の上の艶やかな毛玉を優しく撫でた。

——いくども頭を下げる律の膝は少なからぬ振動を伝えていたに違いない。わずかな一撫でで、玉はぱちりと目を開けた。

美弥が宝玉のようだと褒めそやす緑の瞳で律を一瞥すると、ひらりと膝から飛び降りて、「起きたのか玉、おいで」と手を伸ばす美弥のもとへ尻尾をぴんとたてて歩み寄り、すりすりとひとしきり体と頭を擦りつける。

「さて、礼はよいが見返りを求めてもよいかな、お二方」

溺愛する猫がすりよるさまを目を細めて眺めながら、すっかりくつろいだ美弥は片膝をたてて座り直すと、その上に肘をついた。

その黒い瞳が面白いことを思いついたというようにきらきら光っている。

速水は黙って眉を上げ、若瀬は「金子《きんす》なら後日」と大真面目に言い、律は（親切だが遠慮のない御仁だ）と思いつつ「我らにできることであれば」と用心深く言って美弥の様子を窺うと。

「脇差《わきさし》を守る。そしてお二人を無事に江戸屋敷に入れるようにする。その手伝いをわたしにさせてもらいたい」

わたしは必ずや力になれるぞ、と、美弥は心持ち胸を張って言い添えた。

もとより断ることなどできるはずもなかった。

律も若瀬も身に着けていたそれなりの金子《きんす》と件の脇差《わきさし》はあっても、とにかく今のところ身動きがとれない。江戸屋敷がどうなっているのかわからぬ中で、生きておるぞと顔を出すわけにもゆかず。

さりとて、いつまでも速水道場に身を隠していてもいたずらにときが過ぎるだけ。

陰謀の主も脇差《わきさし》は欲しかろうが、見つからぬとなれば贋作でも仕立てあげてまずは江戸城よりの使者のあれこれをやり過ごすであろう。使者が目利きでごまかせぬとなったらどうなるかは先の話。

江戸屋敷の内情を探りたい。

敵をあぶり出したい。

喉から手が出るほど味方は欲しい。

「――有難いことなれど、美弥殿。……しかしなぜ、そこまで」

若瀬の疑問はそのまま律のそれでもあった。

雄弁な眼差しを向け、美弥の答えを待つ。

速水はといえば、その厳しい風貌に、わずかばかりの苦笑めいたものがあったのかなかったのか。

「まあ、それはおいおいにな」

はっきり言うつもりはないらしい。美弥は肩をすくめた。

「この美弥に関わりがないでもない。いずれは知れようことゆえ、今は詮索はご容赦願いたい。知りすぎたるは野暮なことだ。なあ、玉」

不意に呼びかけられた玉は、んにゃ、と小さく鳴いて、ついでに美弥の指先を軽く噛んだ。

＊＊＊

結局。

速水師匠贔屓《ひいき》の店から鰻飯を取り寄せ、遅い昼餉を馳走になった後、美弥は屋敷へ戻ることにした。

懐には、これまた師匠馴染みの店から猫用に運ばせた新鮮な魚のあらを平らげ、大満足ですうすう眠る玉がいる。

ぶつ切りのいわゆる「古代風」ではなく、開いて串を打った「蒲焼」は、この頃江戸中で広まりつつあって、焼き目も香ばしく甘醬油のたれを利かせたそれは美弥も速水もとっくに馴染みの味だ。江戸入り間もない二人は「このようにうまい物はめったにない」「美味すぎてわが身が堕落せぬかと心配になる」とまで言ったほど。

たらふく食って、気が付けばずいぶんと長いこと、今後のあれこれを語り合い、共に作戦を練る中、何度もその機会はあったろうに、美弥は自分が女子《おなご》だと明かすことはしなかった。

べつに隠すつもりはなかったのだが、かといって男と誤解されているならそのほうが気が楽、と思ったからだ。何がどう「気が楽」なのか、おそらく当人も測りかねたことだろうが。


——速水道場の入口の杉戸までは若瀬と律が揃って見送りに出てきた。

彼らは既に宿を引き払っており、このまま速水道場の世話になることになっている。

「もうよいぞ、戻られるがよい。また明日も来るゆえ」

振り返って苦笑する美弥は、それでもわずかに頬を上気させている。本気で困っている顔ではない。だからというわけでもないが、若瀬も律も、その場に根が生えたように動こうとはしなかった。

国元を発って江戸入りした次の日。これほどまでに早く速水師匠のもとにたどり着けたのは美弥の力なしには不可能であったろう。おまけに、この件が収まるまで協力させろ、協力するという。

どれだけ礼を重ねても足りぬのは事実であるから、「それではまた明日」とあっさり踵《きびす》を返すことなどできはしない。見送りどころか、いずこか知らぬが送ってゆきたいものとすら、二人揃って考えているというのが本当のところ。

さらに言えば、美しく、朗らかな美弥と離れがたい、というのもあったろう。美弥の性別にかかわる誤解はさておくとしても。

若瀬も律も二十をわずかに越えたばかり、木石ならぬ若い男である。

何やらもの言いたげな、けれどいっこうに口を開こうとしない二人の男を、美弥のほうもなんとなく立ち去りがたい風情で交互に眺めている。

色白で柔和な若瀬は、公家のような物腰の男だ。

話しぶりも挙措もおっとりとしているが、その実、優しげに見える瞳は冷静そのもの。

腹の読めぬ御仁だなと美弥は結論付けた。

（この方が藩主となられるか。……まあ、十分その力量はお持ちなのだろうが。……参謀役のほうが似合いそうだ）

美弥はべつに執念深いほうではないが、それでも、とっさの折にこちらの力量をあえて測ろうとする抜け目のなさを思い出してそう考えた。

比べて、律はといえば。

色浅黒く、がっしりとした体格、長身の律は、いかにも手練《てだ》れの侍、といった風情である。整った顔立ちだが鋭く引き締まっていて、黙っていれば威圧感すら覚えるほど。

それが、ひとたび白い歯を見せて笑うと、びっくりするほど親しみやすく、愛嬌のある表情になる。

（女どもがほうっておかぬだろうな。けしからん）

うむ、本当にけしからん、と美弥は呟いた。

「いかがされましたか？」

「どうなされた、美弥殿」

自覚のないまま渋面を作った美弥に、二人は訝しげに声をかけた。

それに応えることなく、今度は美弥のほうが棒杭のようにつっ立って物思いに耽っている。細い指を顎に添えて首をかしげているが、少し反らせた白い首筋も、生真面目に引き結ばれた桜貝のような唇も、少女のように華奢で、可憐だ。

あの厳めしい、いかにも往年の剣豪らしい速水師匠が信頼を寄せる、いわくありげな美少年。合力は有難いが、いったいどこの誰なのやら、と、男たちの心を騒がせているとも知らず、美弥は小首をかしげたまま半ば目を伏せている。

ぶらぶら歩きはいつも楽しいが、今日ほど興奮したことはなかった。

華道、茶道、手習い、古今の学問。

恵まれた環境に当代一流の師の教えを受けて、美弥は「自身の努力だけでできることは全て」極めることができた。

美弥の余りある才能は、武術、剣術にも及んだが、唯一それだけが、「相手と戦って強くなるもの」であり、「相手があってこそ自分の技量を悟る」ことができる。努力だけではままならないこと、だからこそ負けず嫌いの美弥は何よりものめり込み、免許皆伝にまでなった。

しかし。

美弥はわかっている。自分が大名家の姫であり、いずれは許婚《いいなずけ》のもとへ嫁ぐ身であることを。恐れていた日が思いのほか近づいていて、美弥は愛猫・玉が案ずるほど物思いに耽ることが増えたのだ。嫁いだら剣術は宝の持ち腐れとなってしまう。大名家の奥方であれば当然のこと。むしろ、今までが普通ではなかったのだから。

だからこそ、今。

腕試しをしたい。人の役に立ちたい。それには恰好の相手ではないか。

椿前藩《つばきまえ》の後継とその側近。

命を狙われ、御家騒動の真っただ中。事が事だけに大目付に助力を乞うなどありえない。どこの藩がお家騒動に幕府をかませようとするものか。言っては何だが、太平の世となった今、切った張ったの領地取りの戦がないだけで、幕府は諸藩の粗探しに余念がない。口実を与えるような問題があれば、減封、改易のお触れが出され、幕府の直轄地とされて幕府を肥え太らせることになる。

内密に力を貸すこと。穏便、というわけには事の性質上ゆかぬであろう。それも織り込み済み。

美弥はこの一世一代の機会に、腕を振るいたいのだ。

そして、恋とやら、もしてみたい。ただ一度だけでよいから。

初心《うぶ》な美弥だが、べつに潔癖なわけではない。悪所と言われようが芝居を見に行くし、絵草紙も眺める。御女中たちの話題ときたら、ともすれば恋の話ばかり。男装して江戸を闊歩すれば付け文で袂《たもと》が重くなるほどなのだ。恋する女子《おなご》の勢いは侮りがたし、と笑っているが、馬鹿にするつもりは毛頭ない。むしろ、自分だって一度くらい、と、年頃の姫らしく思うようになっていたのだから。

（でもわたしには、時間がない）

美弥は小さく嘆息して、伏し目がちだった目を見開いた。

初めに律を。

次にゆっくりと若瀬を見つめる。

「若瀬殿」

「……はい」

短くはない沈黙ののち、静かに呼びかけられて、若瀬は一呼吸の間をおいて応じた。

「なんでしょう、美弥殿」

「二人してなぜそのように黙ってつっ立っておられるのか。しようのない」

まあ、わたしもだがな、と美弥は声には出さず続けた。

そして少し息を吸い込んでから、まるでひとりごとのように小声で言った。

「どうせ帰り途《みち》だ。八幡様でも拝みに行ってはどうか？　連れて行ってやる」

「……」

「なんだと？」

若瀬は珍しく一瞬言葉を失い、同時に律の眉が跳ね上がった。

思わず前のめりで一歩前に進み、美弥の前に立ちふさがる。

突如、激高した律を目の当たりにして、美弥はかえって落ち着きを取り戻したらしい。

まじまじと律の顔を眺めたのち、ふっと口元を緩めて苦笑めいたものを浮かべた。

「律殿、暑苦しいぞ」

「俺も行ってよいのだろうな？」

「わたしは若瀬殿に言ったのだ。おぬしは留守居を」

「承服できん」

律は反対した。

背後からは、美弥の誘いに不覚にも一瞬言葉を失ったらしい若瀬の痛いほどの視線を感じていたが、そのようなことにかまってはいられない。二人共に声をかけられるならともかく、なぜ若瀬だけを。

律はまた一歩、ずいと身を乗り出した。

す、と流れるような所作で、美弥は一歩退く。

「美弥殿、なにゆえ」

また一歩出る。

「俺も行きたい」

「わがままを申すな」

美弥は半歩退いて律の猛進をいなした。

「おぬしらは長身ゆえことのほか目立つのだ」

「美弥殿も相当と思うが」

「さようで」

思わず、と言った体《てい》で、若瀬も同意する。

「わたしの話ではない」

美弥は頭を振った。

そして、けっこう真剣に憤慨しているらしい律を恐れた風もなく見上げると、

「今は聞き分けられよ、律殿」

子供を宥めるように言う。

「江戸見物がしたければまたわたしが連れ出してやる。が、今日はだめだ。おぬしらのような大男を二人も連れて歩くわけにはゆかぬ」

「また、とはいつだ」

律は食い下がった。

顔中に「納得できない」と書いてあるかのようだ。

口を尖らせて、本当に子供のようだな、と、美弥は可笑しくなった。

「では明日にでも、な。また来る」

「……」

「また、な。律殿」

「ああ」

美弥が微笑んで繰り返すと、律はようやく不承不承応じたものの、眉間のしわはますます深くなった。不機嫌の極みのような顔だが、しかし立ち去ろうともせずつっ立っている。美弥が杉戸を出るまで梃子《てこ》でも動かぬつもりらしい。

「律殿、おぬし苦虫でも噛みつぶしたのか」

美弥はついに噴き出した。

つと手を伸ばすと、律の眉間にきれいに整えられた指先を触れさせる。

「⁉　美弥、どのっ……」

「そのような難しい顔をするものではない、律殿。色男が台無しではないか」

美弥自身、なんとなく立ち去りがたいというのもあったのかもしれない。

ころころと笑いながら男の眉間のしわを伸ばしてやり、そして。

怒ったような、困ったような。熱をはらんで光る律と美弥の視線が間近で交錯した。

「あ、その。……失礼、した」

ばっ、と焼石《やきいし》を素手で掴んでしまったかのように、美弥は慌てて手を引っ込めた。

「美弥殿……」

「すまぬ、わたしには兄がおるゆえ、距離感が、どうもな。軽々しく触れるなど……」

「美弥殿。色男、とは」

「聞き流せ！」

「男からは、その、言われたことはなくて」

「だから忘れろ！」

そこを突っ込むのかと照れ隠しに美弥は怒鳴った。

もちろん自分は男ではないが、やはりまだ今は言いたくない。気がする。

茫然としつつも、律の耳は正しく言葉を拾ったようだ。

若瀬は興味深げに眼だけを光らせて、二人のやりとりを見つめている。

「それではこれにて。――行くぞ、若瀬殿」

「あ、ああ。待ってい、……いや、お待ち、している」

きりがない、と思ったらしい。

美弥は最後は素っ気なく言って軽く頭を下げ、若瀬と共に杉戸の向こうへと消えた。痛いほどの律の視線を、背中に感じながら。

美弥はずんずんと早足で八幡宮への道を進んだ。長身の若瀬だが、ほとんど小走りでそれに続く。その勢いたるやどこぞへ討ち入りでもするかのようで、すれ違う人は自然と二人のために道を空ける。

玉を懐に入れたまま歩くときは、美弥はいつもゆっくりと、体をあまり揺らさぬように歩くのに、今は大いに揺れていた。それゆえ居心地が悪くなったのか。玉は着物のあわせから顔を出すと、そのまま美弥の左肩によじ登った。

「落ちぬようにな、玉」

美弥はそう言って玉の背を撫でたが、まるで上の空なのがわかるのだろう。玉は黙って尻尾をぱたつかせていた。不機嫌なのか、耳を烏賊《いか》のような形に立てている。

いつもなら玉がそんな姿をしていればすぐに気が付いて、「どうしたのだ」と話しかけるはずなのに、このときの美弥は何かに気を取られたようにひたすら玉の背を撫でるだけだった。

……時任律の鋭い眼差し、甘さのない美貌。研ぎ澄まされた、まるで抜き身の刃を薄紗でくるんだような静謐といってよい挙措。玉を撫でているときの、柔らかな笑み。不機嫌顔も、まったく怖くはなかった。そして——

（触れて、しまった。あのような、はしたない振る舞いを。わたしが）

指先が熱い。胸の奥が、ざわざわする。

と同時に感じる、錐《きり》で突いたような痛み。

（嫡男無き今。……お家騒動が収まれば若瀬殿が家督を継がれるのか。とすると、わたしの相手は）

美弥は、知らず、桜色の唇をかみしめる。

——椿前《つばきまえ》藩。

急死した嫡男は、鵺森《ぬえもり》藩主が娘、佐川美弥の許婚《いいなずけ》であった。

もともと、互いの顔を知らぬままの許婚《いいなずけ》同士。嫡男が没したからといって問題はない。

次期当主が許婚《いいなずけ》者として繰り上がるだけのこと。

事が成れば、美弥が嫁ぐのは若瀬なのだ。

＊＊＊

富岡八幡宮。通称、深川の八幡様。

創建は第三代将軍、家光《いえみつ》の頃。

第五代将軍、綱吉の治世に生きる二人からすれば比較的新しい社《やしろ》といえるが、将軍家の庇護を受けて、江戸の隆盛と共にこの社は広大な地所を構える信仰の中心地の一つとなった。その社に、美弥と若瀬は連れだってやってきた。

境内へ入ると長い石畳が延びている。大鳥居をくぐっても本殿はまだ先だ。

時刻は昼を過ぎたばかり。五月晴れの言葉にふさわしいよい天気で、参詣を終え帰る者、これから向かう者で、まだまだ境内はたいそう賑わっている。

「――八幡様は源氏の氏神。よって、公方様の庇護を受け、このように大きな社となったのだ。もっとも、ここらのほとんどは初め埋め立てだそうだから大したものだな」

「なるほど」

「市の立つ日の人出はすごいぞ。無論、祭りや奉納のあるときもな。おぬしでなくとも、気をつけぬと何度でも掏摸《すり》にあいそうだ」

「それはまた」

「いっとき鈴がよう売れたらしい。財布に結んでおいて、懐を狙われて財布を掴んだらちりんと鳴る」

「よい考えですね」

「しかしだな、買い物をするとき財布を触るだろう？　皆が鈴を買って皆が付けたらあっちでもこっちでもちりんちりんと鳴って、じきにその音に慣れてしまったから掏摸《すり》よけとしては効果がなくなったそうだ」

「はは、なるほど」

美弥が話す。若瀬が相槌を打つ。

速水道場を出てから、初めのうちこそむっすりと黙り込んでいたものの、いくらもせぬうちに元来朗らかな美弥はすっかり二人でいることに慣れたらしい。

というより、慣れなくては、と思ったのかもしれないが。

肩に乗せた玉の背を撫でまわしているうちに、気持ちが落ち着いたということか。

若瀬の相槌を耳にする者がいたら、どうも退屈しているようにしか聞こえなかったかもしれない。それほどに若瀬の口数は多くはなかったから、当然のことだ。

江戸生まれ、江戸育ちの美弥にとり、八幡様は馴染み深いところである。その謂れについて張り切って案内をしているのに、いまひとつ若瀬の反応は鈍い。

「若瀬殿、わたしの話はつまらぬか」

とうとう美弥は口を尖らせて言った。

公家顔の優しげな若瀬だが、律同様に背は高い。美弥は首をねじって自分よりもだいぶ高いところにある若瀬の顔を見上げた。

「そのようなことはありませぬよ」

若瀬は穏やかに言って目を細めた。

桜色の唇を尖らせ、少し頬を膨らませた美弥はびっくりするほど幼げに見えて、ありていに言えば猛烈に可愛らしい。

掏摸《すり》をつかまえたときの鮮やかな手並み、身ごなし。師匠の道場で昼餉を共にした際の、気持ちの良い食べっぷり。今の地元愛溢れる話しぶり。どこをとっても闊達な少年にしか見えぬのに、「可愛らしい」と思ってしまう。いかにも余裕ありげに腕組みをしたままだが、若瀬の胸中は穏やかとは程遠いものだった。

(困ったお人だな。どこの若君か知らぬが大した人たらしだ)

冷静沈着を自認する若瀬だが、出会ってからわずかな間とはいえ美弥には驚かされるばかりだ。

幼い頃より神童の誉れも高かった若瀬は、物心ついたときから異性、同性を問わず

「他人」はあくまで観察対象でしかなかった。本当の意味で喜怒哀楽を分かち合うことができるのは、わずかな身内と、幼馴染の律くらいのものだ。それほどに、誰と知り合い、誰と言葉を交わしても、常に頭の片隅には冷静に人間観察をする自分がいた。

だが、美弥といるとしばしばそうではなくなる。それを自覚する。

美弥のしっとりとよく通る声は耳に心地よくて、いつまでも聞いていたくなる。さきほどからずっと相槌がおざなりなのは、聞き惚れていたから。自分の相槌など最低限でよいと思ったからだ。

江戸の人出に驚かされつつ、美弥の声に聞き入り、横顔を見ては可愛いなと思い、体つきを見ては「華奢だなあ、女子《おなご》のようだ」などと考えていたら、美弥の話は面白いのだがなんとなく上の空の相槌になってしまったのは否定しない。

第一印象はしっかり者で大人びた話し方をする若者だというものだったのが、結局、「美弥殿は可愛らしい。無理にそれを否定することもあるまい」と、心中であっさりと判断を下した若瀬は、曖昧な表情を消してくすりと笑った。

「とても興味深いですよ。お許しを、美弥殿」

「気分を害したぞ」

「ひらにお許しを。なんぞお詫びの品でも贈りましょうか」

「不要！」

　ぷんと顔を背けて美弥は若瀬から離れ、大股に歩き出した。

　慌てて若瀬は後を追う。

　ひとくくりに結われた豊かな黒髪が、馬の尻尾のように揺れている。その間からちらちらと細くて白いうなじが見え隠れするのが妙になまめかしい。

（不思議なものだ。これほど美しいと、もはや女子《おなご》か男子かなどどうでもよくなってくるな）

　衆道は嗜《たしな》んだことはないが、と若瀬は大真面目にきわどいことを考えた。

（三代将軍・家光公も相当耽溺されたというし、その道の者が言うには、一度味わえば病みつきになるらしいが）

　指南書でも探してみるかと、妙な向学心が刺激されたらしい若瀬は真剣な面持ちでひとり頷《うなず》く。

（白粉《おしろい》臭い女子《おなご》はあまり食指が動かぬゆえ、かえってこちらのほうがよいくらいか。……が、少年の誘い方などようわからぬな。昨今の威勢のよい女子《おなご》なら向こうから寄ってても来ようが、律ならば知っているだろうか）

　唐突に、今頃は文句たらたらで留守番をしているに違いない幼馴染の顔を思い出したとたん、若瀬は自嘲気味に口元を歪めた。竹刀だこはあるが、すんなりと指の長い、白い手を額にかざして、はあと息を吐く。

出会って一日とたたぬ、年端もゆかぬ少年を相手に何を考えているのか、と、我ながら自分を殴りつけたい気分だ。

江戸屋敷へ入る。律と共に藩を正道に立ち戻らせる。

それまでは何も考えない。美弥への個人的な関心など気の迷い。些末なこと。美弥の姿勢のよい立ち姿を目で追いつつ、若瀬はともすればあやしくざわめく自分の心に、今日のところはけりをつけた。

数歩先を行く美弥、色白で品の良い若瀬の二人は人目を引く。

少しばかり口をへの字に曲げて勢いよく歩く美弥は、黒猫・玉と共にもとよりこの界隈の人気者であるし、おっとりとした風情の若瀬も、歌舞伎役者のような色白の優男である。すれ違う者たちが袖を引き合いながら好奇の目を向けるのに若瀬が気づいた頃には、どうやらとっくに本殿前に到着していたらしい。

「着いたぞ、若瀬殿」

「ああ。……失礼を」

横に並んだ美弥にそっと腕を叩かれて、若瀬は我に返った。

きょろきょろとしていると、雑踏の中から控えめだがはっきりと黄色い声が上がる。目が合ったわ、とか、役者さんみたい、などの声はよいとして、若様のお相手とか、若様のお隣に立つなんて悔しい、だのと聞こえてきて、若瀬はさすがに困惑して眉を寄せた。

「美弥殿、妙な声が聞こえるような」

「気にするな、若瀬殿。江戸の女子《おなご》は積極的でな」

いつものことだと美弥は言って肩をすくめた。

「それよりも、いつまでも正面におっては皆の迷惑であろうし、無粋なこと。早く参るぞ」

「そうですね」

二人は柏手を打ってしばし頭を垂れた。

美弥にとっては馴染みの深い八幡様。なにしろ、町歩きのたびに詣でているのだ。おざなりな参拝ではなく、十分に時間をかけたつもりだったが、それでも江戸へ上ったばかりの連れよりは短い時間であったらしい。美弥が顔を上げても、隣ではまだ若瀬が目を閉じて何事かを念じている。

その、涼やかに整った横顔を眺めながら、美弥は何とも言えぬ気持ちになった。

（このお方が、いずれ、わたしの）

胸が苦しくなってくる。

まさか、こんな形で知り合うとは。

（恋をしてみたい、とは思うたが）

自分が喋っているうちはいい。他愛のない会話をしているときはいい。けれど、こうして押し黙って若瀬を見ていると、美弥はどうしてもぐるぐると考え込んでしまう。

（いまひとつ腹の読めぬお方だな。まあ、思慮深い、賢いお方なのではあろうが）

果たして、慕わしく思えるだろうか。

そう思う日が、来るだろうか。

顔も知らぬ相手に嫁ぐことなど、珍しくはない。

それどころか、嫁ぐ前に顔合わせをするのは稀なほど。たいていは、家格をもとに親同士が決める。大名家ともなれば、生まれ落ちて間もないうちに、公方様のお沙汰で決まることもある。美弥だって、親の決めた相手に異を唱えるつもりはない、のだが。

（若瀬殿しか知らなければ、このような心もちにならなかったやもしれぬ）

考えないことにしようと思ったのに。

若瀬をもっと知ろうと、少しでも親しくなろうと、あえて彼を誘ったのに。

ここにはいないもう一人のことを思い出してしまうのはなぜなのだろう。

さきほど思わず男の眉間に触れてしまったみずからの人差し指に視線を落とす。

（何を考えているのだ、わたしは。……神前で、不届きな）

美弥は人差し指に残る感触を消し去ろうとするかのように、ぐっと拳を握りしめた。

「――さて、若瀬殿。こちらの八幡様には多くの末社《まっしゃ》があるぞ」

本殿に背を向けて歩き出しながら、美弥は若瀬の袖を引っ張った。

気分を変えようというつもりか、朗らかな声である。

どことなく無理をしておられるような気がするな、と、若瀬は柔らかな笑みを浮かべながらも冷静に考えた。

柏手を打ち、合掌し、神仏に祈念をする行為は、心を落ち着かせる効果がある。あえて長く目を閉じる時間をとったことにより、さきほどよりもずいぶんと思考が明瞭になったと若瀬は感じている。

（美弥殿のほうこそ、あまり楽しくないようにも見えるな。いや、楽しくない、というより楽しもうと努力しているような）

思慮深く、明敏な若瀬は人心を読むのに長けている。幼馴染の律ですら「俺の頭の中まで見透かすな」と、ちょくちょくうっとうしがるほどなのだ。

若瀬の感想はまさに正鵠を射ていたが、もちろん当人は知る由もない。

「本殿だけで帰るのも勿体ない。だが、末社《まっしゃ》も数があるゆえ、参りたいところがあればそこへお連れしよう。無論、全て参りたいならそれはそれでかまわぬが。まだ日も高いしな」

観察されているとは思ってもみない美弥はにこやかに言った。

「若瀬殿は学問がお好きなようだから道真公《みちざね》を祀る天満天神社《てんまんてんじんじゃ》がよいか？　それとも藩をよく治めるなら大国主命に参られるか。もののふゆえ武勇を貴ぶなら鹿島神社か」

「恵比須《えびす》様へ」

「は？」

「恵比須様、またはお稲荷様があればぜひお連れを」

美弥は目をぱちぱちとさせた。

次期藩主になろうともいう男が、恵比須様？　お稲荷様？

無論、金銀は重要ではある。美弥のすぐ上の兄、佐川家の次男・重政《しげまさ》は算術の達人であるから、藩政における金銀の重要性は美弥も幼い頃から聞かされている。

とはいえ、その重政《しげまさ》ですら、どこへ参りたいかと問われて恵比須様とは答えぬであろう。それが侍の、大名家の男子の矜持《きょうじ》である。次男坊とはいえ嫡男になにかあれば藩主となる、そのように育てられた男が商売繁盛の祈願とは。

とはいえ、信仰にあれこれケチをつけるのもよろしくない。

「あちらだ」

賢明な美弥はすぐにそう割り切って、本殿に背を向けて右側、恵比須様のほうへと爪先を向けた。

肩を並べて石畳を踏みしめながら本殿の西奥へと向かう。

鬱蒼と生い茂る樹木のせいか、本殿前の賑わいが嘘のように遠ざかってゆく。

末社《まっしゃ》までは大した距離ではないとはいえ、そこまで足を延ばす者も今日はあまりおらぬらしい。静寂、というほどではないが、人々のさんざめきはめっきり減って、鳥のさえずりと、このところぐんと鮮やかさを増した木々の緑の清新な香りを楽しみつつ、二人はゆっくりと歩を進めた。

穏やかな沈黙の後。

しばらく美弥の肩に乗っていた玉は、眠くなってきたらしい。いつのまにか、また美弥の胸元に潜り込んでいる。

恵比須様の社の前に立った若瀬は目元をほころばせて傍らに立つ美弥を見下ろした。

「もののふたるもの、商売繁盛とは、とお考えのことでしょうね」

「よくわかったな」

若瀬は正しく美弥の心中を読んだらしい。

言い当てられて、美弥は本気で感心しつつ苦笑した。

「わたしは特に武芸を好むゆえそう感じただけだ。金子《きんす》が大切であることはよく承知しておるぞ」

「ならばよいのですが」

若瀬はかくしから財布を取り出して——あの、美弥が掏摸《すり》から取り返したものだ——、小粒銀をいくつも摘むと、賽銭箱に放り込んだ。

気前のよいことだな、と美弥は軽く目を瞠《みは》る。

「今、町人が力をつけています。なぜか？　商売で金子《きんす》を手にしているからです」

「そのようだな」

町歩きが趣味の美弥には、それはよくわかる。

士農工商。もっとも低い身分とされているのに、彼らのなんと明るく、力強いことか。

江戸の繁栄は公方様のお力だ、とは言いつつも、もとをただせば町人たちの経済力にある。

「もののふの誇りを忘れてはおりませぬ。しかし誇りだけで腹はふくれませぬゆえ」

若瀬はほんのりと笑みを浮かべているが、その眼差しは驚くほど真剣だった。

美弥はくすりと笑った。

腹の読めぬ曖昧な笑みよりもずっといい。よい目だな、と思う。

「仰せの通り、若瀬殿。似たようなことを申す者がいた。算術が得意な男でな」

次兄のことだが、どこで身元がばれるかわからない。美弥は慎重に言葉を紡いだ。

「それで、恵比須様信仰か」

「いかにも、美弥殿。藩を富ませるには石高の向上と、商いを奨励し、金子《きんす》の流れを作ること。この騒動が収まれば、まずそれを進言しようと考えております」

「なるほど」

美弥は短く相槌を打った。

よい考えだと思う、だが、と、美弥は首をかしげた。

そのような話なら、騒動が収まる前から父である藩主に申し述べればよいのに。進言、などと、堅苦しいことだ。まあ、降って湧いたような次期藩主の座。まだ自覚が伴わないのだろうとは想像できる。

さらに、美弥の心中には別の気がかりが頭をもたげてきた。

頭から締め出そうと考えていたばかりの、もう一人のことだ。

(このような方のもとで、律殿の立ち位置はいかようなものとなるのだろう)

幼馴染というから、まさか冷遇することなどなかろうが。

あの、いかにも手練《てだ》れらしい物腰の律の居場所はあるのだろうか。

尚武の藩主のもとにはそれなりの侍が集う。そういう風潮となる。だが、若瀬のような者が藩主となると、腕に覚えがある侍をどう使うのだろうか。

(目付か、大目付か? まあ、幼馴染ならばそれなりの家の者ではあろうから、そここにはとりたてられようか。いや、もしも家老の家の出であれば律殿は次期家老か。律殿が家老……あまりしっくりこないが)

いずれにせよ、わたしが案ずるべきことではない、な。

商売繁盛の神様へ熱心に手を合わせる若瀬を、美弥は複雑な思いを抱えたままいつまでも見つめていた。

＊＊＊

(――なんだなんだ、あの少年は。あやつは)

律は美弥に触れられた眉間を乱暴に擦りたてた。美弥の触れたところが熱い。ついでに自分の顔も熱いような気がする。

確かに、こういうときは素振りでもするに限る。速水師匠は正しい。

実はさきほど、ぜひお手合わせを、と乞うたのだが、すげなく断わられたのだ。

いわく、

「今のそこもとは雑念まみれ。そのような体たらくでは手合わせなど怪我のもと。素振りでもしてみなされ」

……返す言葉がなかった。

言葉で一刀両断された律は、許しを得て庭へ下りると、ひたすら竹刀を振るい続けた。

居合の声もなく、無言のまま、しかし渾身の力で素振りを続けている。

もろ肌を脱いだ逞しい体に、玉のような汗が浮かぶ。鬼気迫る、と言った風情だが、その実、無心というには程遠い心境であった。速水師匠の指摘どおり、雑念まみれ、煩悩まみれ、である。

百や二百までは数えたが、途中からは止めてしまった。こんなことは経験がない。

彼は基本的に真面目だったし、鍛錬は好きだったから、気の迷いがあるときなどは素振りをするのが習慣となっていた。そして、それを始めればほどなくして、実際に頭の中がすっきりとしたものだ。

しかし今は、目を閉じても目を開けても、あの若者《美弥》のことを考えてしまう。

……立ち居を見れば一目でわかる。一流の剣術使いなのだろう。速水師匠の言われる通り、免許皆伝は嘘ではない。

快闊な物言い、笑い声。華奢な体つきと思うが、食は細くない。いい飲みっぷり、食べっぷりであった。知り合ったばかりの自分たちのために力を貸したいなど、正義感が強く、とても好ましい、気持ちのよい人物だと思う。

けれど、脳裏から離れないのは、時々見せる、あのなんとも蠱惑的な笑み。

女にもめったにいないような美貌なのだ。

(俺は女子《おなご》しか興味はない。無論、衆道を蔑むわけではないが、とにかく俺は女子《おなご》しか抱けぬはず、だが)

そう。

だがしかし、なのだ。

美弥を見ていると妖しい気持ちになる。性別などどうでもいいではないかと頭のどこかで囁く声がする。

若瀬だけが誘われてひどく腹が立った。

今頃は参拝中か、何を話しているのやらと、じっとしているといても立ってても居られない。気になって仕方がない。若瀬が戻ったら問い質そうと思う。若瀬だけが知っていて俺が知らぬことがあるなど、許せない。

けれど美弥は、また明日、とも言ってくれた。無理に言わせた感がなきにしも非《あら》ずだが、それでも美弥は律も連れ出してくれると言った。嬉しくてたまらなかった。

また明日も会える。美弥の顔を見て、声を聞いて——

と、ここまで考えてはたと我に返る。

(この俺が。これから、藩のために、いまだ見えざる敵と戦わねばならぬというのに……っ)

恥を知れ、とみずからを叱りつけつつ、律はようやく竹刀を振る手を止めて、今度は井戸端へと向かった。配置を計算尽くした斑《まだら》入りの美しい飛び石も、手入の行き届いた庭木の風情も、律の心を和ませることはできなかったらしい。

彼の眉間には美弥が触れたときと同様か、それ以上に深いしわが刻まれていた。

「——おやおや、律。水垢離《みずごり》にはまだ寒いと思うけれど?」

ざぶざぶと繰り返し頭から水を被る律に、現れた若瀬はからかうような声をかけた。

律はおざなりに若瀬を一瞥し、黙って眉を跳ね上げる。考えすぎかもしれないが、戻ってきた若瀬はめったにないほど朗らかで楽しげに見えて、それがまた癪に障る。

「着替えはたくさんはないのだからね。気を付けてくれないと」

ほら、律、先生が着替えをお貸し下さった、置いておくよと若瀬は言った。

そして、ことさらに厳しく（と、若瀬には見えた）唇を引き結んだ律を、生温い眼差しで一撫でする。

「何を悩んでいるのか、まあわかる気がするけれども。そのたびに水垢離なんかせずに素振りでもするといいよ」

「素振りは先に済ませた」

律は素っ気なく言い返したが、風邪でも引かれたら困るからねえと若瀬は飄々と受け流し、縁側の柱に体を預けて悩める律を見下ろした。肌を弾いて流れる水を拭いながら、しばらくの間、律は意地を張ったように黙りこくっていたが、いつまでたっても若瀬から口火を切ってはくれぬのであきらめたらしく、

「若は。……なんとも思わないのか？」

結局、先に沈黙を破ったのは律のほうだった。

「何を？」

しれっとした顔で若瀬は問い返す。

わかっているくせにこちらが言いにくいことをあえて言わせようとする。

茫洋とした風貌のわりに昔からこういう男なのだった。

「美弥殿のことだ」

幼馴染を相手に駆け引きをするつもりなどない。

律は雑念をかきたてられるその名を口にした。

「ああ。まあ……」

若瀬は涼しげに整った顔に曖昧な笑みを浮かべた。

「きれいなお人だなあ」

「それだけか？」

「いい人だね。腕が立って弁舌爽やかで。いずれ報いたいと思うよ」

「それは俺もだが。なあ若、どこへ行った？　八幡様だけか？」

「そうだよ」

「何を話した？　楽しかったか？」

「……あのね、律」

矢継ぎ早に、前のめりで問いかける律をはぐらかすように、若瀬は少々口調をあらためる。

「楽しいとかそういう問題ではないよ、律。我々は物見遊山に江戸へ来たわけじゃないのだから」

「それはわかっている!」

情け容赦なく若瀬はぴしりと言ったが、律は怯まなかった。

「そのようなことは百も承知だ。だがな、若。知りたいと思って何が悪い? 我らにとって、江戸へ来て初めての知己だ。それなのにお前だけを誘うなど、どのような意図あってのことか知りたくもなるではないか。それも、あのような若者」

「楽しかったよ」

律はよほど留守居をさせられたのが不満だったらしい。放っておけばいつまでも思いのたけを言い募りそうなので、若瀬はまずは端的に返答して、とりあえず律を黙らせた。

「それはそれは楽しかった。賑やかだし、立派な八幡様だしね。さすがはご公儀の後ろ盾がある寺社だ。美弥殿の話は面白いし、きれいな声だし、聞き惚れたよ」

自分から聞いておいて、そのくせ若瀬の言葉を耳にするなり唇を噛みしめる律を、若瀬は人の悪い顔で見やった。

「広大な八幡様で、たくさんの末社があってね。本殿以外にどこへ行きたいかと問われて恵比須様と言ったら驚いていたよ。けんめいに、〝気にしていない〟フリをしているのが面白かったけれど。ま、あきれたんだろうね。金儲け第一の武士なのか、ってところかな」

「そうか」

何を安堵しているのか、律は小さく息を吐いている。

やれやれまったく、と、律のそれが伝染《うつ》ったかのように、若瀬も嘆息した。

（あれほど。……あれほど初めっから律のことしか目に入ってない者に惚れるなどありえないな。男子か女子《おなご》か、というのは抜きにしても）

若瀬は自嘲気味にみずからに語りかける。

（しかし、あの美弥という人物。……本当にどこの家中の者だろう？　かなりの身分ある者としか思えぬが）

さきほど道場へ戻った際、探りを入れるどころか、かなりしつこく、速水師匠へ直截に美弥の氏素性を聞いてみたのだが、

「時至ればあの者が語りましょう。儂《わし》はかの兄弟弟子の鹿島兵衛の遺志を果たすのみです」

今は口が裂けても申しませんぞと断言され、誰も裂こうとは思っておりませぬよと減らず口をたたいて引き下がったのだ。

（とりあえず詮索は棚上げして。……今は本当に美弥殿に頼るしかないな、まずは）

美弥は敵情視察を買って出たのだ。ずいぶんと大胆なやり方で。

そして、おそらく美弥はその任を難なく果たしてくれるだろう。

（明日また、会えるな）

若瀬もまた、自覚のないままに、明日の美弥の再訪を心待ちにするのだった。

＊＊＊

律と若瀬の二人が江戸入りして二日目の朝。

日の出と共に起き出した速水師匠の眼前で朝稽古を終え、ようやく朝餉にありついていた頃のこと。

鵺森《ぬえもり》藩邸表門において、美弥は軽く窮地に陥っていた。

いつものように玉を懐に収め、表門を出ようとしたときのことである。

「美弥、ちょっとよいか」

次兄、重政《しげまさ》に呼び止められたのだ。

「兄上、後にして頂けぬか。わたしは用事がある」

言葉つきこそ丁寧だが、美弥はかなり素っ気なく言った。

早く道場を訪ね、どちらかを連れ出し、まずは椿前藩邸《つばきまえ》近くまで行きたい。

当然、正攻法でいけば生き残りの刺客だの、それを差し向けた者どもの目に付くから、潜入方法を考えがてら広大な藩邸の周囲を一巡りするつもりだ。

町歩きが趣味の美弥だが、そもそも美弥の住まいは大名屋敷であるからして、他家のそれにさほどの興味はない。強いて言えば、表門のみ、興味がないわけではないと言えようか。各藩の江戸屋敷の表門はそれぞれの家格に応じて意匠が異なるから、それなりに見ごたえがある。参勤交代で江戸へ上ってきた侍たちのための表門鑑賞の手引き書まで出回っているほどだ。

美弥も他の侍とそこは変わりなく、椿前藩邸《つばきまえ》の表門は見知っていても、その広大な外郭を一周したことはないので、どこかから潜入する隙はないものかと目論んでいるというわけだ。そしてついでに屋台の買い食いだの茶屋の甘味だのを楽しもうと思っている。

――と、そのように計画を立てていたら張り切ってしまって、ついつい、ずいぶんと早くから出発することになってしまったわけだが。

「兄上、どうなされた。何用か」

出鼻をくじかれた恰好になった美弥は、その優美な眉をひそめて言った。

言外に「早く出かけたいのだが」と声にも顔にも出してはっきりと匂わせる。

「用というわけではないが」

重政《しげまさ》の表情は優れなかった。

用ではないが、ちと申し伝えたき儀がある、と口の中で呟き、重政《しげまさ》は美弥の袖を引いて表門の脇、見栄えよくみごとに剪定された松の木の根元へと誘った。

家族中が美弥には甘いが、とりわけ次兄、重政《しげまさ》は美弥を溺愛している。

美弥が町歩きを趣味とすることを知っているのは、家族と重臣、それに、美弥が生まれる前か、生まれたときから側近く仕える「美弥姫命」の奥女中のみ。そんな中で、たびたび「姫様のお一人歩きもそろそろご自重を。危険極まりなし」と頑固頭の重臣たちから火の手が上がりかけるのを、重政《しげまさ》はいつも宥めてくれる。

父である藩主と長兄は「嫁入りまではやむなし」と苦笑、豪快な母は「わたくしも共に参りたいものよ」と面白がることはあっても咎めだてをしたことはないが、表立っては藩主や重臣の顔をつぶすわけにもゆかず黙っている。そんな中で「女子《おなご》とはいえいずれ大藩の奥方となり奥向きの差配を仕切る身。今のうちに大いに見聞を広めるべきです」と美弥の肩を持ってくれる重政《しげまさ》は、たいそう有難い存在ではある。

だから美弥は、不機嫌顔の割にはおとなしく次兄に従って歩を進め、松の木を背によりかかった。忙しく立ち働く者たちは皆、若衆姿の美弥と、それによく似た秀麗な面差しの次兄をちらちらと見つつも、近づいて来ようとはしない。

「美弥。単刀直入に言う。お前、得体の知れぬ者を近づけてはおらぬだろうな」

「……」

若瀬殿のことか。律殿は留守居であったし。もちろんすぐに美弥は思い当たったが、何食わぬ顔を取り繕い、いつになく厳しい表情を浮かべる兄の顔を見つめた。

「俺はお前の町歩きは好きにすればよいと思っている。有事の際も、俺や兄上が及びもつかぬほど腕が立つゆえ案ずることはないとわかっているつもりだ。だがな、美弥」

「兄上？」

何と重政《しげまさ》は美弥の両腕に手を置いた。

めったにしない兄の仕草に、美弥はさすがに目を丸くして、己が肩に置かれた手と、兄の顔を交互に見比べている。

美弥が立ち尽くしたままなので目的地についたとでも思ったのか。玉がもぞもぞと着物のあわせから頭を出してきて、そのまま肩へとよじ登った。美弥の肩先で器用に両手を揃えると、重政《しげまさ》の顔を見上げて「にゃ」と鳴く。

目を合わせて一声鳴けば、「おお、よい子だな、玉」と、美弥同様に玉に骨抜きの重《しげ》政《まさ》は相好《そうごう》を崩すのだが、今朝の重政《しげまさ》は違った。

「美弥。昨日、八幡様でお前と共にいた男、あれは誰だ」

彼は玉には目もくれず、恐ろしく真剣に言った。

「尾《つ》けたのではないぞ。そんなことをしてもお前に気づかれるのが関の山だ。野暮用の帰り、俺自身の目で見たのだ」

今度こそ、美弥は押し黙った。

べつにやましいことをしているわけではない。むしろ人助けをするところなのだと言ってやりたい。が、まだ今は話すべきときではない気がする。

「お前が娘どもの付け文で袂《たもと》を重くしているのは知っている。どこぞの茶屋の娘が入れあげているのも、猪牙舟《ちょきぶね》の船頭がお前に執心しているのも」

「ほんによくご存じだな。兄上は千里眼か」

「お前に対してはそのとおりだ、美弥。そうありたいと思っている。俺はお前がかわゆいし、常に健やかであれ、幸せであれと願っている。心配なのだ」

美弥が思わず漏らした嫌味に怯むこともなく、重政《しげまさ》はきっぱりと言った。

これには美弥も目を白黒させるしかない。

兄と妹であるのに微妙ではないかとすら思うが、重政《しげまさ》は大真面目である。

「お前は町歩きのせいで知己はうんと増えたことだろう。それはかまわぬ。身分を問わず誰とどれほど知り合いになろうとも、お前はうまく距離をとっておった。俺はそう思っていた」

「……」

「だが、昨日の若侍。あやつはどこの誰だ、美弥。親しげに、というか今まさに親しくなっている最中といった風情であったぞ。どこで知り合うたのだ」

「兄上、落ち着かれよ」

「落ち着いている。だから聞いておる。美弥、あやつは誰だ」

「兄上！」

とうとう美弥は重政《しげまさ》の手を払いのけた。

もとより、大した力が込められていたわけではない。幾重にも重ねた絹地を通しても伝わる重政《しげまさ》の指の温度と、どうやら冗談ではないらしい口ぶりが面倒くさくなったのだ。

「兄上、心配はご無用だ」

美弥は一転して穏やかに言った。

重政《しげまさ》も我にもなく激高してしまったのを恥じるように、払いのけられた手を結んだり開いたりしながらあらぬほうに目を逸らしている。

ちなみに玉は騒がしいのが嫌だったのか、ちょっと縦伸びをしてからさっさとまた美弥の胸元へ潜り込んでしまった。しまい忘れの黒い尻尾が揺れているのがご愛敬である。

「兄上。今、わたしは人助けをしようとしている」

兄の慧眼は恐ろしいほどである。妹思いもここまでくると感服するしかなかったが、しかしいらぬ詮索をされ、今外出の邪魔をされては困る。

美弥は状況説明が多少は必要だろうと考えをあらため、慎重に言葉を紡いだ。

「さる家中の御仁だ。少々、わけあって力を貸すことになって」

「どのように力を貸すのだ」

奥歯に物が挟まりすぎてろくな説明にはなっていない。

当然ながら、すぐに重政《しげまさ》は突っ込んでくる。道ならぬ色恋沙汰ではないとわかれば安心するかもしれないとの美弥の期待は、あっさりと外れた。

「そもそも、どんなわけがある？　さる家中？　なにもわからぬではないか」

「今は言えぬ、兄上。だが、佐川の名に恥じるようなことは絶対にせぬゆえそこは」

「名よりも俺は美弥が心配だ。美弥、よもや危険なことではあるまいな？」

「大丈夫だ」

美弥はにっこりと笑って頷《うなず》いた。

輝くような美弥の笑顔は他人、身内を問わず破壊力抜群である。

案の定、重政《しげまさ》はうっかりと見惚れてしまい、しかめ面を作ろうとして失敗し、口元はゆるむという締まりのない顔つきをした。

あと一押し、と美弥は確信する。

「危険などないに決まっている。けれど、もしもわたしの手に負えぬときには」

美弥は兄の手を取った。白いが竹刀だこのある美弥の手よりも、俺の武器は刀よりそろばんだと豪語する重政《しげまさ》の手は、よほど柔らかい。

「兄上、どうかわたしに力を貸してほしい。佐川の名を出さずに、しかし助太刀が必要なときは、なにとぞ」

お家騒動に力を貸すのだ。

いずれ危険なことにもなりそうだと踏んでいるが、無論それを今口にすることはできない。しかし万一。佐川家の力を必要とすることがあるのなら、次兄を味方につけておくのが一番いい。父は藩主、長兄はその継嗣としての立場がある。その点、次兄は都合がよい。

いささか打算的ではあるが、しかしいつも美弥を思いやり、美弥を庇ってくれる重政《しげまさ》を信頼すればこそ、である。

「何やらようわからぬし、きな臭い気がするが」

重政《しげまさ》はようやっと眉間のしわを解くと、困ったように笑んだ。

明敏な重政《しげまさ》である。美弥の連れの男は相当なわけありと踏んだが、今のところ妹は話す気がないらしい。そこらの男子よりも男らしい妹は、こうと決めたら決して引かないことを重政《しげまさ》は知っている。

「美弥。くれぐれも危ないことはせぬようにな。そして、困ったときはすぐに申すのだぞ。俺にできることなら何でもしてやる」

「有難う、兄上」

重政《しげまさ》は妹の手を握り返すと、空いたほうの手で愛おしそうに頭を撫でた。

美弥の顔にも、恥ずかしげではあるが本物の笑みが浮かぶ。

いくつになっても、この兄はしばしば美弥を頑是ない子供のように扱うのだ。

「では、兄上。行ってくる」

「ああ」

美弥は颯爽と身を翻し、たたたと駆け出してゆく。

やれやれ、我ながら美弥にはめっぽう甘いことよ、と、重政《しげまさ》は苦笑しながらその後ろ姿を見送った。

思いもよらぬ足止めをくったものだが、重政《しげまさ》兄上に多少のことを話しておいたのは良かったかもしれぬ。何事にも前向きな美弥はそう考えながら飛ぶように歩を進め、その後はなんの障りもなく朝五ツには速水道場の杉戸をくぐっていた。

いちいち上がり込むこともなかろうと、玄関先から「お待たせ致した。美弥です」と呼ばわると、やがてばたばたと二名分の足音が近づいてくる。

「美弥殿、連日お運び頂き、いたみいる」

「美弥殿、お早うございます」

物堅く頭を下げる律、にこやかに朝の挨拶をする若瀬だが、なぜか二人とも押し合いへし合い、肩をぶつけ互いの足を踏み、半身でも前へ出張ろうと躍起になっている。

「おぬしら、何をしている」

美弥はまじまじと二人のおとなげない振る舞いを見つめた。

「まずは椿前《つばきまえ》藩邸まで案内致そうと思ったのだが。無論、敵も居ようことゆえ、遠巻きに、だが」

出直したほうがよかったか？　と美弥は首をかしげている。

とんでもないと男二人は勢いよく頭を振った。

「有難い、美弥殿、俺が」

「ご一緒させて頂きたい、美弥殿」

痛いよ律、足を踏まないでくれるかな、とか、若、引っ張るな袖が千切れる、だのひとしきりごちゃごちゃとしていたが。

「――美弥殿、お待たせした」

決着がついたら声をかけてくれ、と言いおいてその場を離れようとした美弥へ、ようやく勝ち名乗りを上げたのは律だった。

「律殿、か」

美弥は衿元のあわせから頭を出した玉の喉を撫でながら、複雑な想いで本日の同行者の顔を眺める。若瀬も公家顔に似合わず長身だったが、律はさらにその上をゆく。

首をねじって顔を見上げ、目が合うと――律は上機嫌で目を細めた。

とたんに、ざわざわ、と心の臓のあたりに妙な感触を覚えて、美弥は慌てて視線を外す。

(律殿と二人、か)

若瀬殿のほうがよかった、と思う。

彼ならば、こんなふうに心乱れるようなことはなかったはずだ。平静でいられたはずだ。許婚者《いいなずけ》なのだから。もっと知り合わなくてはと、みずからにそう言い聞かせることができたろうに。

「もとより、今日は俺をお連れ下さるはずだったな、美弥殿」

若はあれで往生際が悪くていかん。昨日に続き今日もとは図々しい、と鼻息荒く律は言った。

率先して杉戸をくぐり、伸びをしながら往来へ出ていく。

江戸入りしてまだわずか二日目の朝。地理に不案内な者同士、二人きり。不安でもあったろう。

そして、味方を得たとはいえ道場では居候の身。昨日は留守番。

美弥と共に出かける云々は別としても、外出を待ち望んでいたこと、そしてそれがかなえられて心から喜んでいるらしいと見て取れる。

可愛らしい御仁だな、とほほえましく思い、次の瞬間、美弥はぶるぶると風呂上りの玉のように頭ごと全身を振りたてて、おかしな考えを吹き飛ばした。

自分よりも年上の、屈強な侍に対して持つべき感情ではない。

「主筋の者に対しなかなか威勢のよい物言いだな」

律のほうを見ないようにしながら、美弥はぼそりと呟いた。

「若瀬殿は何も言われぬか。お人のよいことだ」

「その場に応じて振る舞っている。内々で、だけだ。あのような振る舞いは」

「うちうち……」

信頼は有難いが、出会って二日目の自分が「うちうち？」と、思わず美弥は小さく繰り返す。怪訝そうに揺れる、語らずとも雄弁な美弥の黒い瞳を見下ろした律は「当然だ」と笑った。

「財布を取り戻し、道場へ案内してくれた。その上、このような騒動に力まで貸してくれるというのだ。美弥殿は俺の大切な知己であり〝うちうち〟だ。そうは思われぬか？」

白い歯を見せて磊落《らいらく》に笑う律を見れば、またも美弥にとって昨日からのお馴染みとなった、そしてけっして不快ではないあのざわざわに見舞われる。

「信頼に応えられるよう努力しよう」

美弥は堅苦しく言って、咳払いをした。

その白い頬にほんのりと朱がさしてゆくのを、律のほうもなんとなくこそばゆい想いで眺めている。年頃の娘ならばわかる。若さ、という最大の武器があるだけで、実際の顔の造作以上の可愛らしさも華やぎもあろうというもの。

しかし美弥は少年である。地味ないでたちに身をやつしてはいるが、とにかく人目を引く。

精緻なつくりの白皙、凛とした立ち姿、きびきびとした所作。なんと魅力的なのだろうと昨日から何度思ったことか。〝うちうち〟と言われてすっかり照れてしまったらしい美弥は、うなじまで薄紅色に染めている。

目的を果たすまでは気を引き締めねばと、律は顎を撫でつつその華奢な姿を眺めた。

なんだかんだと話し込みながら日本橋界隈の雑踏を抜け、楓川近くまで移動することと半刻足らず。健脚の二人は労せずして椿前《つばきまえ》藩江戸屋敷前、正確には中ノ橋を渡れば屋敷前、というあたりに到着した。

屋敷の目の前まで行かぬのは、無論律の身の安全を考えてのことである。

「なんと、これは」

律は小さく漏らしたきり、後の言葉が出てこないらしい。

それほどに、楓川に沿って建てられた椿前《つばきまえ》藩邸は威風堂々たるものであった。

黒々と塗られた瓦屋根を抱く表門。永代橋の擬宝珠《ぎぼうし》と見紛うほどの大きな鉄の鋲が、いくつも鈍く光っている。間口の広さときたら、江戸きっての大店《おおだな》はここ、と美弥が説明してくれた日本橋の呉服屋が二、三軒は入りそうだ。

唐屋根造の番所が門の左右に配され、厳めしい顔つきの侍が目を光らせている。薙刀《なぎなた》を構えて佇立《ちょりつ》する者以外に、奇異に感じるほど数多くの侍が徘徊したり、開け放しになっている潜り戸の内外を出入りしたりしている。

「ふむ。なにやらものものしいな」

川向こうを眺めながら、美弥は感想を述べた。

美弥の住まい、鵺森《ぬえもり》藩邸ももちろん遜色のない規模だが、しかしもっとおおらかというか、こんなにたくさんの侍が威圧的に蠢《うご》いたりはしていないはずだ。

「美弥殿もそう思われるか」

我に返った律はひょいと身を屈め、美弥の耳元に顔を寄せた。

「俺もそう思う。戦でもするつもりかな」

「！　っ、りつ、どの」

美弥は息をのんで飛び上がった。

「いきなりそのようなところでものを言わないで頂きたい！」

「ああ？　……そのような、とは」

耳を擦りながら美弥は顔を真っ赤にしている。

乱暴に擦りすぎたせいか、その形のよい耳は顔よりもさらに赤い。

律は屈みこんだまま悠然と美弥を見上げると、

「美弥殿は耳が弱いか」

にやりとした。色悪《いろあく》、とでも言いたくなる顔である。

美弥は知らぬことだが、国元で年頃の娘っ子たちを虜《とりこ》にした悪い笑みだ。

「失礼したな。よく、覚えておこう」

「べつに弱くはない。驚いただけだ」

美弥は生真面目に反論した。

「耳がどうしたなど覚えて頂く必要はないが、人には適正な距離というものがある。律殿はそれをわきまえるべきかと」

「肝に銘じよう」

律は言葉つきだけは恭しく応じて、ゆっくりと立ち上がった。

律にとって美弥は「大切な知己」であり、もちろん男子だと思っているから、まったく邪《よこしま》な気持ちなどなかったのだが、さきほどの反応は想定外に可愛らしかったな、と、まだ赤い美弥の顔を眺めながら考えた。加えて耳が弱点か、覚えておくとよいかもしれんと。

美弥は火照《ほて》った顔をみずからの袖でぱたぱたとあおいでいる。

主の体温が高くなったためか、胸元に引っ込んでいた玉も暑くなったのだろう、ひょいと顔を出した。ぱたぱた揺れる袖に飛びつき、しばらく勝手にじゃれついて戯れた後、最後は美弥の左肩にちんまりと乗っかった。

前足を揃え、ぴんと背を伸ばして、翡翠《ひすい》のような美しい瞳で律を凝視している。

「そのように睨まずとも、玉。悪さをしようとしたわけではないのだ」

賢《さか》しげな猫に声をかけると、玉は返事の代わりにおもむろに肉球を舐め始めた。

＊＊＊

表門は戦国の世の砦のように警備が厳しい。

小半刻ほども川向こうの表門を観察していた二人の、それが結論だった。

それでは通用門は、ということで二人は移動を開始し、大回りに川を渡り、用心しつつ時間をかけて椿前《つばきまえ》藩邸の外郭を巡ってみたが、これがまた隙がなかった。椿前《つばきまえ》藩ほどの大藩の通用門といえば、小大名か大身旗本の表門並みの間口であったが、それだけに警備は表門と同様の人数が割かれているようだ。

また、広大な藩邸の周囲全てとは言わぬまでも、屋敷境のほとんどに堀が造られ、土塁のような石組の上に直に瓦葺の長屋塀がそびえ立っていて、屋敷への潜入は忍びの真似事でもしなくてはならないようだ。

「なかなか、難儀なことのようだな」

表門から外郭の全周を検分し終えたのち、美弥は小さなため息と共に言った。

傍らの律も黙って頷《うなず》く。

彼の目に浮かぶのは、国元の天守閣を抱く壮麗な城。その表門のほうがずっとのんびりしていたように思う。深い堀に周囲を守られていたせいかもしれないが。

日本橋界隈を後にして、二人は浅草へと足を延ばしつつあった。

美弥によれば、「あのあたりは買い物にはよいが一服するところが少ない」のだそうで、「浅草なら昼餉も甘味もいける気の利いた水茶屋があるし、いい酒屋もあるぞ」と唆《そそのか》したのだ。

浅草までは日本橋から一里余り。浅草観音の門前は数多くの水茶屋が軒を連ねている。江戸見物をするにも一休みをするにもちょうどよい、というわけである。

「大名の上屋敷ゆえ、そうそう容易に潜入できるとは思わなんだが、あれほど厳重とは」

ゆったりと裾を捌《さば》いて歩を進めながら、美弥は心なしか沈んだ声で言った。

馬廻衆のひとりか、あるいは商家の丁稚《でっち》のなりでもして紛れ込むことはできないかと考えていたが、甘かったようだ。思った以上に厳しい警備に鼻白んだらしい。

「厳重な警備、と言えばそれまでだが。浪人のような身なりの者どもがあれほどうろついておるとは剣呑なことだ」

「あれは、異様だ」

律は断言した。静謐な声音だが、その眉間には深いしわが一本、刻まれている。

「俺は国元の城を見ている。警備は厳しいが、こちらはなんというか。……禍々《まがまが》しい」

「なるほどな」

確かに、荒《すさ》んだ目をした者が多かったな、と美弥も相槌を打つ。

「戦仕度でもしておるかのようであったな」

「戦以外の何物でもなかろう、美弥殿。嫡男を弑《しい》し、お家乗っ取りを企てているのだから」

確かに、と美弥は黙って頷《うなず》いた。

既に一人死んでいる。

戦は、もう始まっているのだ。

あらためてそこに思い至ると、町の人出につられたような浮ついた気持ちもいくぶんか冷えていって、二人は黙り込んだ。その後は適当な話題も思いつかず、黙々と歩みだけは止めずに、ようやく浅草観音前に差し掛かったとき。

「ちょいと、若様。ねえ、若様ったら」

ひときわ甲高い女の声だった。

江戸っ子たちから「二十軒茶屋」と言われるほど茶屋が集中している一角である。

日頃、一人で町歩きをする美弥は、たいていの人々から「若様」と呼ばれている。

色目は地味に抑えてはいても上質な着物、堂々とした、いかにも命令に慣れた風情。とくだん庶民派を装う気もなく振る舞っているから、どこから見ても良家の子息にしか見えなくて、必然的に美弥の出自を知らぬまま、人々は「若様」「若さん」と呼ぶ。

ここへ至るまでに何人もの男女から「あれ、若様だ」と親しげに、あるいは無遠慮に声をかけられたので、隣を歩く律もさすがに慣れっこになって、気にもとめずに通り過ぎようとしたのだが。

「お藤《ふじ》か。そんな声を出さずともちゃんと聞こえておるぞ」

美弥は応じつつ足を止めた。お藤と呼ばれた女は前掛けで手を拭きながら、満面の笑みを浮かべてこちらへ突進してくる。

美弥は鷹揚に笑ってそれを押し留め、

「お藤、席を二人分、頼めぬか。できれば奥がよい」

「あい、若様」

お藤と呼ばれた茶汲女は美弥よりもいくつか年上に見えたが、少女のように頬を染めていそいそと葦簀《よしず》の陰の席を整える。

暑くも寒くもない、ちょうどよい日陰には先客が一人いたが、「旦那、申し訳ないがちょいとあちらへお願いしますよ」と良いようにあしらって遠ざけてしまう。富裕な町人らしい身なりの初老の男は、気を悪くしたふうもなくおとなしく席を移動した。大小を携えた侍が二人も控えていてはやむなしといったところか。

美弥はあっけにとられる律を振り返った。

「ここにしよう、律殿。甘いの、辛いの、美味い蕎麦がきを食わせるし、気の利いたつまみもあるぞ」

「つまみ……？」

「喉が渇いた。まず冷やだ」

なんと、美弥はとりあえず一杯ひっかけるつもりらしかった。

碗になみなみと注がれた冷やを飲み干した美弥は、ふう、と満足のため息をついた。

ちなみに既に二杯目である。

客の絶えない繁盛ぶりであるのに、茶汲女のお藤は碗が空になるとは目ざとく見つけておかわりをよこしてくる。お藤は売れっ子らしく、あちこちからおよびがかかるのだが、「はい、ただいま！」と返事だけは愛想よく、けれどお藤の妹分らしい茶汲女を差し向けて、自分は美弥の側にへばりついている。

律が「おい、呼ばれておるぞ」と気にして声をかけてもどこ吹く風。「若様のお世話はあたしがさせて頂くんですよ、お侍様。あたしだけが、ね」と、何やら物言いが挑戦的だ。

婀娜《あだ》っぽい美人のお藤だが、どうしてだか律には当たりがきつい。美弥の肩から飛び降りて、足元で小さく千切った練り物をもらっている玉には猫なで声をかけているというのに。

律は男ぶりがよい。女に愛想よくされることはあってもこのようなあしらいは受けたことはない。よって不当な処遇にしきりと首をかしげてはいたが、それはさておきどんどん運ばれる馳走を前に、健啖家ぶりを如何《いかん》なく発揮した。うちはそのへんの小料理屋より旨いものをお出しするんですよお侍様、とお藤は得意げに言う。

酒肴《しゅこう》に、と緑色も鮮やかな枝豆が出されたその次は、むき身をいくつか串に刺した焼き蛤《はまぐり》。蛤《はまぐり》はもう今年は食べおさめですよ、味わっておくんなさいましとお藤は微笑む。

芝海老《しばえび》の素揚げ。あら塩をふって口に入れるとぱりぱりと香ばしく、弾力のある身の甘さ、濃厚な海老味噌の風味が口いっぱいに広がって、酒が進むことこの上ない。美弥はうわばみ、律も同様であるから、二人はもはや三杯目に突入している。互いに「おぬしイケる口か」と認め合ってからは、さらに豪快に碗を干してゆく。

やがて蕎麦がきが出てきた。

お藤いわく、店の自慢なのだそうだ。特に香りのよいそば粉を用いた蕎麦がきは、変化をつければ幾通りもの味わいがある。もちろん、甘味にもなるという優れもの。本日は、二種類。小口ねぎとわさびを添えて熱々の出汁《だし》をかけたもの。食感のよい砕いた胡桃《くるみ》入りの味噌を塗って焼いたもの。甲乙つけがたい旨さだが、美弥の気に入りは胡桃《くるみ》味噌なのだそうだ。

屋敷ではこのような素朴な味噌は出ぬゆえな、と機嫌よく頬張るその可愛らしい口の端に、胡桃《くるみ》がひとかけらついてしまった。

美弥が気づく前に俺がとってやろう、そして食ってしまおうか、などと律がとんでもないことを考えているうちに、「まあ若様、胡桃《くるみ》が」とお藤が騒いでしまって、律の目論見はあっけなく潰《つい》える。考えるより先に動くべきであったとうらめしく眺めているうちに、美弥はぺろりと赤い舌を伸ばして胡桃《くるみ》を舐めとり、お藤の差し出す手ぬぐいで丁寧に口元を拭っている。美弥の舌は小さくて小鳥のようだな、と、またも妙な妄想をしてしまった律は、冷やをあおってその妄想を打ち払った。

大いに飲み、食べ、語らっているとよいが、少し黙るとともすればおかしな方向でものを考えてしまう。俺はいったいどうしたのだ、と空になった皿を睨みつつ自問しているうちに、さっぱりとした酢醤油の心太《ところてん》が運ばれてきた。どうやらそれが昼餉の〆《しめ》らしい。

確かに、くちくなった腹の中にも酢のものはするすると入ってゆく。そして、口中に残る雑多な後味を残らず浚っていってくれた。美弥が贔屓《ひいき》にしているだけあって、どれも美味で量も豊富、たいへんけっこうなことである。昼餉の間中、お藤は何くれとなく世話を焼いている。ほとんど美弥に対してのみ、である。

律の給仕も一応してはいるが、おざなりなものだ。あくまでも美弥へのそれのついでにすぎない。美弥に寄り添って世話をするさまはまるで姉さん女房のようで、律は妙な気分になった。酒のおかわりは言うに及ばず、濡らした手ぬぐいで手を清めてやったり、蕎麦がきを小鉢によそったり羹《あつもの》を冷ましたり。とうとう、額の汗まで拭こうとして、

「お藤、そのへんまでにしておいてくれ」と美弥が苦笑する始末。

冷やの代わりに熱い茶が、肴《さかな》の代わりに饅頭が出される頃になって、ようやくお藤

は引っ込んだ。いつまでも美弥にくっついて離れようとしないため、ご苦労だったお藤、このお方と話がしたいからと、美弥が言い含めて下がらせたのだ。

どうかごゆるりと、御用の折はお申しつけ下さいまし、とお藤は名残惜しげに引き下がったが、最後にしつこく律を睨むことを忘れなかった。いっそあっぱれな仕打ちといえる。

「――やれやれ。親の仇《かたき》のように俺を睨んでいったぞ」

律は饅頭に手を伸ばしながら言った。もう笑うしかない、といった体である。

磊落な性格であるから、お藤のつんけんもたいして気にはならないが、それにしてもちょいと理不尽すぎはせぬかなと律は苦笑した。

「堪忍してやってくれ、律殿」

美弥はふうふうと茶に息を吹きかけて冷ましながら言った。

「お藤はな。おぬしくらいの歳の侍が苦手なのだ」

「苦手？」

苦手どころか嫌うておったようだが、と律は呟いた。

美弥は否定も肯定もせず、

「あのとおり、お藤は美しい女子《おなご》ゆえ、おぬしくらいの侍にずいぶんとしつこく言い寄られたことがあった。今も男衆にはたびたび言い寄られている」

「……なるほど」

美しいというのは美弥のことではないかと、律は口には出さず考えた。

「わたしが初めてここらで一休みしていたときのことだ。派手な言い争いが聞こえてな。争い、というか、一方的に若い侍がお藤に言い寄っていた。どこぞの旗本の息子らしかったが、権勢ずくでお藤に言うことを聞かせようとしていた」

水茶屋では珍しい事でもないはずだ。茶汲女といえば不届き者らをうまくあしらうのも仕事のうちだろうと、律は思う。

そんな、少々手厳しい律の感想を読み取ったかのように、「仕事のうちと思うかもしれぬが」と美弥は続けた。

「お藤は多くを語らぬが、一、二度身を任せたらしい。体の弱い弟の薬代のために。……だが薬石《やくせき》効なくみまかったとかで、となればお藤がもう身を任せる理由はない。しかし男は執着したらしい。供を引き連れ、因縁をつけ、罪人の如くお藤を引っ立てようとしたゆえわたしが仲裁したのだ」

「ほう。美弥殿が」

そんなことだろうと思った、と律は口角を上げた。

「どのように？」

「大したことはしていない」

「でもお藤を助けたのだろう」

「まあな。我慢がならなかったからな。武士の風上にも置けぬ。かよわい女子《おなご》に力ずくで」

そのときのことを思い出したらしく、美弥は憤然と語り、饅頭にかぶりついた。

「なんとか諭して穏便に済ませようとしたのだが、あろうことかわたしにまで下卑たことを抜かした。お藤を放免してやる代わりにわたしになんやらと」

「許せぬな。どこの旗本だ？」

律もけっこう本気で憤慨して言った。

このように美しい高潔な美弥にそのような汚らしい目を向けるなど叩き切ってくれよう、といきり立ったが、次の瞬間、表情を消して一つだけ咳払いをした。さきほど、美弥の口元を見て胡桃《くるみ》を取って食べたいだの赤い舌が小鳥のようだのと妄想した自分を思い出したからである。

「……まあどこの旗本でもよい。侍のくせに武芸のたしなみもない男ゆえ、大勢の野次馬の前で叩きのめしてやった」

「それはそれは」

律は無難に相槌を打った。

しかし、腐っても侍であれば体面を重んじるであろう。恥をかかされた男がそれで済むだろうかと案じていると、美弥は後れ毛を耳にかけつつ律を流し見た。何を考えているかわかっているぞと言わんばかりだ。

「弱いくせにどこまでも卑怯な男であった。その後、徒党を組んで茶屋に狼藉を働こうとしたのだ。逆恨みというやつだ」

「やはり、そうか」

「だが、な。そのようなことはとっくにお見通しだ。番屋に手を回して一網打尽にしてやった」

武勇伝をひけらかすでもなく、むしろ淡々と語っていた美弥だが、最後はようやく少しだけ得意そうに笑んだ。痛快だったらしい。

手を回す、か。律は注意深くその言葉を記憶した。

番屋、とは言うが、その所轄は奉行所である。

ちょっとご注進に及んだだけでは人出を割いて茶屋を見張ったりはしないだろう。そもそも、茶汲女の貞操を誰が気にするというのか。たいていの水茶屋の二階はちょっとしたあいびきや連れ込みに使えるしつらえになっていて、看板娘がついでに客を取ることも珍しくない。だから男女のもめごと、おまけに旗本の馬鹿息子がかんでいるとあってはますます岡っ引きも与力も正面からとりあわないはずだ。そんな中で奉行所や番屋を動かすには相当の後ろ盾が必要だ。

無理に美弥の氏素性を知ろうとは思わないが、やはり気にならないわけはない。知れるものなら知りたい。姿かたちだけではなく所作、物言い、何をとってもかなりの身分であると思われるが、手がかりはない。

あれこれと考え込みながら美弥の顔を見ていると、美弥と目が合った。

そのまま、しばらく互いの視線を絡ませる。

やがて美弥の顔にうっすらと朱がさした。小さく首をすくめると、足元の玉をひょいと抱き上げ、頬ずりをした。

練り物を平らげ、水を飲んでいた玉は、そろそろ腹がくちくなったのか、突然抱き上げられても暴れることもなく、おとなしく美弥の膝の上で丸くなった。

「律殿、わたしの顔に何かついているのか」

照れ隠しのように玉の喉を撫でながら美弥はうつむいた。

「そのように見つめられては穴が開く」

「それは、失礼した」

律は美弥から目を逸らすことなくうわっつらの返答をした。

武芸の達人の美弥であるから、うつむいたままでも痛いほどの視線を向けられていることは気配でわかる。

「失礼と思うならあらためることだ、律殿」

今、顔を上げたらまた彼と目が合ってしまうに違いない。

だから美弥は、膝に乗せた愛猫の毛並みを整えるのに没頭するふりをして、ずっとうつむいたままである。

「――美弥殿、おぬしはいったい何者なのだ？」

「？」

思わず、といった風で、律は言った。

唐突といってよい律の言葉に、美弥は羞恥を忘れて顔を上げる。

やはりさきほどの美弥の抗議は右から左に流したらしい。律は怖いほどまっすぐに、美弥を見つめていた。

「おぬしは人のことばかりだ」

「は？」

わけがわからぬ、と美弥は首をかしげる。

「律殿、もう少しわかるように話を」

「ひとつ、掏摸《すり》をつかまえ、若の巾着を取り返してくれた。ふたつ、速水道場へと導いてくれた」

「……？」

眼前の美弥を見つめているようではあるが、もっとその先、その内面までも見透かそうとするようなひたむきな視線を美弥へ向けたまま、律はゆっくりと数え上げる。

「みっつ、我らがなすべき大事に力を貸してくれるという。今日は朝も早くからこうして江戸を案内してくれている。よっつ、なんと、茶汲女を、その勤め先をも助けたという。すべて、他人のことばかり、人助けばかりではないか」

「たまたま、めぐりあわせだ」

「そのようなことはない」

律はゆるく頭を振って、ついでに茶を一口、啜った。

美弥は戸惑いを隠せないらしい。眉を下げ、さきほどからずっと頬を染めたまま着物の衿を整えたり、うとうとし始めたらしい玉の背をそっと撫でたりと落ち着かない。

「あのお藤とやらが美弥殿に入れあげているのもわかる。茶汲女にすぎない自分を侍が助けてくれた。それも、逆恨みまで予測して手を打って。――ふむ、それはもうべた惚れであろうよ」

「違うな。あれは弟とわたしを重ねておるだけだ」

美弥はなかなか冷静な見解を述べた。

「もしも惚れたと思っていたとしても、おぬしの言うようにわたしに助けられたことで恋と錯覚しておるのだろう。一時的な、それこそ風邪を引いたようなものだ」

「はは、美弥殿、本気でそのように？　――そんなはずがあるか」

律は笑い飛ばした。

口元は笑った恰好になってはいるが、瞳に宿る光は強く、依然として居心地が悪くなるほどに真剣な眼差し。

「弟と重ねておるだけなら俺を睨んだりするまいよ。鈍いにもほどがある」

「失礼な」

美弥は柳眉を逆立てた。

膝の上の玉を気遣ってであろう、なんとか声は抑えているが、さすがに毛並みを整える手は止まっている。

「鈍いとはなんだ、律殿。勝手な邪推をしたあげくその言いようは」

「邪推ではない。まあ、言葉の選び方が悪かったのなら謝る。しかし俺は間違ってはおらぬぞ。じゃあそうだな、言い換えるなら〝察しが悪い〟か」

「同じことだ、失礼な！」

美弥は小声で叫ぶ、というなかなか器用なことをした。

ついさきほどまでは律の凝視に赤面していたが、今は憤慨して頬を上気させているようだ。この少年はどのような顔をしても可愛らしいなと、律は悠然と二つ目の饅頭を口に入れた。

美弥の、年齢に似合わぬ大人びた話しぶり、腹の据わった飄々としたさまも好ましいが、人形のように整った顔が驚くほど豊かにいろいろな表情を見せるたびに、好ましいどころか、見惚れてしまう。美弥は女子《おなご》ではないとわかっているつもりでも、だ。

この、鈍感だが正義感の強い美しい美弥が、こののちも自分に力を貸してくれるのだと思うと、嬉しくも悩ましい。律自身の性癖の大転換、つまり、衆道へまっしぐらではないかと危惧しているのだ。戦国の世の名残はまだあちこちにあって、武士が衆道を好む風潮も珍しくはないが、彼としては生臭坊主の同類になるような気がして、そこが引っかかる。

余裕ぶった表情の裏であれこれと悩みつつも、「まあよいか」と、律は強引に自身の物思いを終わらせた。

惚れたら惚れたときのことだ、それでよいではないか、と開き直れば多少楽になる。

「美弥殿、まあそう怒るな」

「怒る」

美弥はぷいと横を向いた。

律といると調子が狂う。若瀬と一緒でもこんなことはなかったと、八幡様へ赴いた昨日のことを思い出す。

鈍い、とは心外だ。人の心情の機微には敏《さと》いほうだとすら自負していたのに。

それを、この男は。

「美弥殿、怒らせるつもりはなかった。悪かった。謝る」

詫びられても茶を飲みながらとあっては真剣味に欠ける、と美弥はとりあえず黙殺した。

「申し訳ない。馬鹿にしたつもりは毛頭ないのだ。――しかし、美弥殿。覚えておいてほしい」

律の声音が変わった。

当然美弥はそれを敏く聞き取ったが、さりとてすぐに機嫌を直すのも業腹で、顔を背けたまま耳を傾ける。

「たまたま、と美弥殿は言う。大したことはしていない、とも。しかしな、美弥殿。おぬしに助けられた者にとっては、その行為は唯一無二のものだ。何の見返りも求めず、ただ純粋に助けよう、助けたいと思ってくれた、美弥殿のまっすぐな心意気。それを向けられた者たちが何と思うか。どう感じるか。美弥殿はもう少し想像するべきだろう」

「想像して。……どうなると言うのだ」

美弥はおとなしく、しかし黙ってはいられずに尋ねた。

律が何を言いたいのか。さっぱりわからない。

けれど、知らないままでよいわけではなさそうだ。

「べつにわたしは、よく思われようと思って人助けをするのではないし。気が付けばそうしているだけだし」

ぽつりぽつりと、控えめに美弥は言う。

そんなことは聞くまでもない、わかりきったことだと、律は即答した。

何の見返りも求めず、ただ純粋にと。俺がさきほど言ったではないかと続けたが、美弥の耳には入らなかったらしい。

「もちろん、助けた相手が喜んでくれればそれはわたしも嬉しいが、それ以上何を想像すれば」

　根っからとても真面目で向学心のある美弥である。

　自分の考えの至らぬところ、思考のその先を想像せよと言われて頭を振り絞ってみたが、どうにもわからない。

「降参だ、律殿。教えてくれぬか」

　そろそろ教えるとするかと律が考え始めた頃、美弥は白旗を揚げた。

「律殿の言われるようなことは想像したこともない」

「素直だな、美弥殿は」

　ぷりぷりと怒っていたかと思えば、人の話には真摯に耳を傾け、真剣に考え、わからなければわからないと口にする美弥に目を細めながら、律はすいと背筋を伸ばした。

　真剣な話が始まるのであろう、その仕草に、美弥も倣って姿勢を正す。

「美弥殿は、男女の機微に疎《うと》い」

　まず、律は最重要と思われる点を指摘した。

　美弥は目を見開きはしたものの、何も言わずその先を待っている。

「美弥殿に助けられた者は感謝するだろう。美弥殿は感謝されれば嬉しいと言う。でも人のこころはそれで終わるものではない。常に、ではないがしばしばその先がある」

「その先と男女の機微がいったいどのような」

「そこに思い及ばぬところがすでに疎い、と申すゆえんだ」

律は長い腕を組んで、美弥を見下ろした。

「縁もゆかりもない美弥殿が尽力してくれるのだ。いかにも身分高き侍であるのに、分け隔てなく、何の見返りも求めずに。それだけでも感謝どころか、おぬしに傾倒するには十分な理由だが、それに加えてその美しさだ。おぬしはどこまで自分の容姿を自覚しているやら知らぬが」

「わたしの容姿」

美弥は呟いて、自分の頬をするりと撫でた。

白粉などに頼らずとも、みごとに白いなめらかな頬。

鏡を見ればきれいだとは自分でも思う。奥女中たちも、父も兄たちも皆、口を極めて褒め称えるからそれなりなのだろうとは思う。町を歩けば声をかけられ、たくさんの付け文をもらう。けれど。

「母上がよく仰せなのだ。――容姿は大切だ。よいに越したことはない。しかし病で、怪我で、不意に損なわれる危ういものだと。だから人として精進せよと」

「それはまた素晴らしい母御だな」

律は感に堪えぬように言った。

これだけ美しい子ゆえ、容姿で道を踏み外さぬように教えているのだろうと思う。

「精進全てがわたしの肥やしになると心得よと。ひるがえって、容姿は親に感謝せよ、子の努力の結果ではないと」

「はは、面白い母御だな」

今度は律は噴き出した。

美しく賢く、豪快な母御のようだと、ますます美弥の氏素性を知りたくなったが、

「そういうところが人を惹きつけてやまぬのだ。美弥殿」

律は話を引き戻した。

美弥も母の話で笑いをとるつもりはなかったのだろう。すこぶる神妙な面持ちである。

「強く、驕らず、分け隔てなく、そしてとびきり美しい。そんな美弥殿に助けられたら、誰も彼も草木もなびくであろう」

「はあ」

いまいち納得がゆかぬらしく、美弥にしては気の抜けた返答である。

やはり言い聞かせてよかったと律は思う。本当にこの少年は、自分の容姿と、それが他に与える影響について無関心すぎる。

「よいか、美弥殿。ここが肝心なところだ」

律はあえていったん言葉を切った。

「べつに俺は人助けをするなと言っているのではない。げんに俺も若も言い尽くせぬほどおぬしの力添えに感謝しているのだから。しかし、人助けのときには気をつけろ。気を持たせるな。隙を見せるな。〝我に惚れるなよ〟と常に身構えていろ。手を伸ばしてもけっして触れられぬ孤高の月であれ」

「それはまた自意識過剰と申すものではないのか」

「おぬしはそのくらいでちょうどよいのだ。よいか、誰かれかまわず愛想よくしてはならぬぞ。それでもなお好意を持つ者はおろう」

「……わかせ、どのも」

「何？」

美弥の桜色の唇から、ぽろりと言葉がこぼれ落ちた。

思いもよらぬ言葉に、律も熱弁を中断する。

「若瀬殿も、そう思われるであろうか」

「……なぜここで若が出てくる」

律は低く、鋭く、問うた。

美弥は怯えたようにびくりと肩を震わせる。

「いや、べつに、わたしは」

「そんなところも機微に疎いというのだ。俺が話しているときに、今ここにおらぬ者のことを口にするなど」

「律殿、そのように怒らずとも」

「怒ってなどおらぬわ。かちんときただけだ」

それは怒っているのと同じことではないかと美弥は思ったが、口に出すのは我慢した。

見上げた律の顔は眉どころか目尻もつり上がっていてかなり恐ろしい。

大柄だし、美弥よりもいくつも年上であるようだし、手練《てだ》れの侍らしい迫力もある。

「そもそも美弥殿、おぬしは昨日も帰りがけに俺ではなく若を誘った。今はなんと、常に気を引き締めよとこれほど俺が真剣に話しておるのに若がどうしたこうしたと」

昨日、留守番を強いられたのを相当根に持っているらしい律は、一気にまくし立てた。

美弥の、いかにも「しまった失言した」と、言葉にせずともありありとそう読み取れる顔がまた気に障る。

しかしなぜこれほど腹立たしいのか。彼自身もよくわかっていない。

「若に好意を持ってほしいと？　そういうことか？」

「違う」

「若に惚れたか、美弥殿。あやつが大藩のなんやらと言うこともあり」

「違うというに！」

美弥は力強く否定した。

大声ではないが、昼寝中の玉にとってはさすがにうるさかったらしい。

ぱちりと目を開けると、長い尻尾で数回、美弥の膝を叩いてからひょいと飛び下りた。

遠くへ行く気はなかったらしく、そのまま主の足の上にうずくまる。

玉、起こしてしまって悪かったと言い、身を屈めて愛猫の頭を撫でる美弥のつむじを見ながら、律は何とか気持ちを落ち着かせた。

が、面白くはない。

美弥は否定しているが、ならばどうしてそのようなことを言ったのか、と。

「美弥殿。俺は謝らぬぞ。それにこういうことを申すのだ。男女の機微とはな」

「男同士だ」

「揚げ足をとるな。美弥殿、若に惚れたとまでは言わずともおぬしは若の気を引きたい、そういうことか」

「そうではない。……どのように申せばよいのか」

美弥はため息をつきながらゆっくりと身を起こした。

気の強い美弥の鈴を張ったような目に、不意に儚《はかな》げな影が宿る。

「おぬしらは江戸屋敷へ入り、藩を正道に立ち返らせるのであろう？　その手伝いをするわたしには、若瀬殿はもそっと心開いてくれたらと思ったのだ。あの御仁は腹の読めぬ、いや、読ませぬ方ゆえ」

「そのようなことは……いや、そうかもしれぬ」

否定しかけて、律は止めた。

何より、肩を落として力なく言葉を紡ぐ美弥を目にして、それ以上ものが言えなくなってしまったのだ。

「おぬしはよい。忌憚なく話してくれていると十分感じるし、わたしも楽しい。誤解があるようだから申すが、若瀬殿といるよりも」

「美弥殿」

律は今度こそ言葉を失った。

若瀬といるよりも自分といるほうが楽しい、と。美弥は確かにそう口にした。

面映ゆい。そして間違いなく、嬉しい。それが正直な気持ちだ。しかしどうして、なぜ美弥の言葉ひとつでこれほど心が沸き立つのか。やはりあれか。惚れた、ということか。いやしかし、俺は女子《おなご》のほうが。

大混乱に陥ったらしい律に複雑な眼差しを向けて、美弥はかすかに笑みを浮かべる。

(律殿といるほうが、ずっと、楽しい)

ちいさなちいさな呟きは、美弥の口の中だけで紡がれて、律の耳に入ることはなかった。

「――若様もそちらのお侍様も。なんぞお持ちしましょうか」

ようやく昼餉時の喧騒が去り、多少の落ち着きを取り戻した頃、お藤がまた傍らに立った。

周りを見渡せばちらほらと空席が目立っていて、美弥と律のために席を移動させられた初老の町人もとっくに店を出たようだ。

「いや、もう十分だ」

あれからいまひとつ会話が弾まぬ中、お藤の言葉を潮に美弥は腰を上げた。

いやですよ若様、あたしは追い立てるつもりなんかじゃなくて、と泣きださんばかりにお藤が袖を引くのを美弥は笑って押し留める。

「今日はこのお方を案内しておるのでな。そろそろと思っていたのだ。旨かったぞお藤、礼を言う。わたしの顔もたった」

「まあ、若様……」

　本当に引き止めたいのであろう、お藤は涙ぐみつつも旨いと言われて嬉しそうに頬を緩め、泣き笑いのような表情を見せた。

　勘定を済ませ、こころづけを握らせると、ようやくお藤は美弥の袖を手放した。こんなに頂けないだの、おあしを目当てに若様をお待ちしているんじゃないだのと切々と訴えていたが、騒がしい馴染み客が入ってきてそちらに気を取られたからだ。

「おい、お藤。おめえ、また若さんに蛭《ひる》みたいにへばりついてんのか」

「うるさいよ！」

「しつけえ女は嫌われるぜ」

「うるさいったら！」

　男はわははと笑い、暑くてかなわねえやと言いながら、近くの空いた席にどっかと座り込んだ。

　美弥は男の振る舞いを咎める様子もなく、

「息災か、銀次《ぎんじ》」

　と、気さくに声をかけた。

「ご覧の通り、だ」

銀次と呼ばれた男は、早速差し出された冷やをぐいとあおった。この茶店は、馴染み客にはまず冷や酒を持ってくるらしい。それも、豪快に碗になみなみと注いでいる。美弥殿と俺にも、そういえばまず冷やを持ってきたか、と律が顎を撫でながら考えていると、

「若さん、今日はお連れさんですかい」

「ああ。江戸を案内している」

「なるほど、こっちへ出張ってこられたってわけで」

地方から江戸へ上る者など珍しくもなんともないのだろう。

どこから来た、などとぶしつけに尋ねることもなく、銀次は「帰り途、あっしの舟に乗ってって下せえよ」などと言っている。

江戸の水路に無数に浮かぶ舟の船頭かとようやく律は合点がいった。細長い、すばしこそうな舟がたくさん行き来していて、律が感心していると、美弥が「あれは猪牙舟《ちょきぶね》という。舳先《へさき》が猪《いのしし》の牙のようであろう」と解説してくれたことを思い出す。

袖を捲《まく》り、わざと広く開けた胸元からは懸守《かけまもり》の鎖が見えている。体格もよい。長い細髷の先を散らし、いなせな男だなと眺めていたのだ。

実際、このあたりでは顔なのか、お藤ではないほうの茶汲女も、ちらほらといる女客

もなにやらそわそわとしている。銀次さま、銀さまという声が控えめながらも繰り返し聞こえるし、美弥と律にも抜け目なく視線を走らせて、「眼福の極み」「観音様のご利益かしら」などと囁き合っている。

美弥は自分が注目の的であることなどよほど慣れっこなのだろう。

いつもの快活で飾り気のない笑みを銀次に向けている。

「銀次はこれから昼餉であろう、あいにくだが我らは帰るところだ」

「ちぇ、間の悪い」

おおげさに銀次は肩をすくめてみせた。

そして、興深げに美弥の隣、律に目を向ける。

「おぬしは船頭か」

律は問われるより先、名乗りの代わりに言った。

「ああ、旦那。どうぞご贔屓《ひいき》に」

「機会があればな」

無骨な律の返答に、銀次は少々小馬鹿にするような笑みを浮かべかけたが。

ちらりと傍らを見て、再び律に、さきほどよりもいくぶん遠慮のない目を向けた。

ちょうど美弥は、玉を抱き、頬ずりをしながらお藤に呼ばれて話し込んでいる。

「旦那は若さんのご友人で？」

「まあな」

「じゃあ旦那は」

銀次は低い声で言った。

「若さんのことをなんでもご承知ってわけだ」

「そうでもない」

律は生真面目に言った。

なにしろ、昨日出会ったばかりなのだ。

美弥と馴染みらしい男と張り合っても仕方がないと、そこはあっさり認める。

だが、わけもなく小馬鹿にされておとなしくしているいわれはない。

日に焼けた、粗削りな銀次の顔を傲然と見返すと、ふんと鼻を鳴らしてみせた。

とたんに、銀次の顔から挑発するようなにやにや笑いが引っ込む。

「これからじっくり知り合おうってとこだ。わかったら邪魔しねえでくれ、銀次とやら」

「……言ってくれるね、旦那」

律の伝法な口調に驚き、と同時にどうやら親しみを覚えたらしい。

銀次は隣を指し示し、座ってくんねえか旦那、いつまでも見下ろされてんじゃたまらねえ、と言った。

もう帰るところではあったのだが、店の奥ではまたお藤が美弥にしがみついている。何やら、竹の皮に包んだものを押し付けている。弁当でも持たせるつもりらしい。まだしばらくは終わらなさそうだと見て、律は言われるままに腰を下ろした。

「旦那は若さんのいい人ですかい」

「……いや、そうでもない」

ずいぶんと踏み込んだことを聞かれたが、腹を探るでもなく遠慮のない銀次の物言いに、意外にももう腹は立たなかった。

「そうなりたいものだ、と思っているところだ」

玉を抱く美弥の後ろ姿を見つめながらひとりごとのように言った。

「これはこれは」

全く無意識に漏らしたらしい言葉に、銀次は大仰に肩をすくめてみせたが、律は気にしないようだ。

それどころか、すぱすぱと煙管《きせる》を吸い始めた銀次を横目で見て、自嘲気味に笑う。

「笑いたきゃ笑え、銀次。正直に言うがあいつに会うたのはまだ昨日。それがどうだ、俺には江戸で大仕事があるってのに気が付けばあいつのことばかり考えている。とんだ馬鹿者だ」

「……それを言うなら旦那、あっしもだぜ」

銀次は煙管《きせる》の灰を落としながら言った。

今しがた出会ったばかりであるのに、飾らない律の態度、言葉に感じるところがあったらしい。

粋で、悪く言えば少々軽薄な男に見えたが、驚くほど生真面目な物言いである。

「若さんに助けられて。で、この間はそこのお藤のことで若さんと一緒にちょいと気張らせてもらって。それだけで有頂天になってんですぜ、あっしは。若さんと関わったってえだけで」

「ほう。助けられた？」

またかと律は目を丸くした。

顛末《てんまつ》を聞きたいものだとは思ったが、そこまでの時間もなかろうと思い直す。

「まあ、その話はいつか聞きたいものだが。……で、銀次はあいつにぞっこんか」

くくっと律は喉奥で笑った。

銀次がぎろりと睨むのもかまわず。

「お前ならば女子《おなご》には困らないであろうに」

「放っといてくれ」

銀次は煙管《きせる》を置くと、運ばれてきた握り飯に手を伸ばした。がぶりと食いついて、それからしばらくは、出されたものをひたすら平らげることに専念する。労働者らしく豪快な食べっぷりだが、銀次の所作は下品ではない。

櫓《ろ》を握る手はごつごつと大きいが、しかし荒れてはいないし、よく見れば竹刀だこがある。一介の船頭ではないのやもしれぬな、と律が密かに考えていると、「誤解しねぇでほしいんだが」と、箸を止めずに銀次は言った。

「あっしはべつに若さんとどうこうなりたいってんじゃねえ。若さんは雲の上のお方、こちとら船頭だ。お侍様の旦那が若さんを想うのとはわけが違う。だからあっしはてめえでてめえが大馬鹿者だってわかってる」

「……」

「でも、惚れたっていいじゃねえか。きれいで、強くて、あっしらみたいな荒くれとも、そこのお藤とも気さくに話してくれる。礼はいらんと言って困っていれば体張って助けてくれる。若さんはかっこつけてんじゃねえ、本当にそうなんだ。これで惚れなきゃ人じゃねえよ」

「かもしれんな」

昼餉をかき込みながらの長広舌を律は黙って聞き、最後に一言だけ相槌を打った。

自分の思った通りであった。

律はあらためて感じ入ると同時に、自分の読みが何から何まで正鵠を射ていることに驚きを禁じ得ない。

美弥は、人助けのたびに人たらしの能力を如何なく発揮し、どいつもこいつもぞっこんになる。おぬしの趣味は人助けか人たらしかどっちだと両肩を掴んで問い質したいものだが、本人は認めようとしないだろう。

趣味は「町歩き」、人助けは「たまたま、なりゆき」と答えるに違いない。人たらしは「わたしは知らぬ」と。

銀次がどのように助けられたのかは知らないが、はしこくて腕っぷしも強そうなこの男が助けを要したほどなのだ。それなりの出来事だったのだろう。助けられ、そして首尾よく収まったに違いない。

今まさに、自分もその恩恵にあずかるところ、あずかり始めたところなのだが、この先はもう目に見えているような気がする。

(これで惚れなきゃ人じゃねえ、か。なるほどなあ)

若瀬はどう思っているのだろう。

今日は留守番の幼馴染のことを、律は思い出した。

もしも若瀬がその気になったとしても、俺も引き下がるつもりはないが、それにしても。

（衆道のいろはなど知らぬなあ。指南書でもあるだろうか）

期せずして八幡様へ行ったときの若瀬とほぼ同様の考えに至った律は、腕組みをしたまま難しい顔で虚空を睨んでいる。

まさかこのような不届きなことを考えているとは知らず、銀次は「旦那、そんなに難しい顔で考えなさると禿《は》げますぜ」と軽口をたたいた。

結局、お藤に弁当を持たされ、次はいつ来てくれるのかと言い寄られているうちにそれなりの時間が経過して、帰り途は水路をとることになった。

大急ぎで昼餉を済ませた銀次が「どうぞあっしの舟に」と言ってきかなかったのと、美弥の思いつきからだ。

弁当の他に、日差しが強うなって参りましたゆえ、と気の利くお藤に菅笠《すげがさ》を持たされて、「これを被って水路でもう一度、椿前藩《つばきまえ》まで行ってみよう」と言い出したのである。

ギイイ、ギイイと櫓《ろ》を漕ぐ音が、水を切る音と相まって、まるで楽の音のようだろう？

と美弥は律を振り返った。

細い、笹の葉のような舟は初めずいぶんと揺れたが、律はたちまち均衡の取り方を会得したらしく、あたりの景色を楽しんでいる。「銀次、お前の腕ならもすこし揺れぬようにもできるであろう。よもや客人への嫌がらせではあるまいな」と美弥が釘を刺したおかげで、かなり横揺れが鎮まったというのもあるが。

たくさんの舟が行き交う隅田川には、両岸の青葉が映り込んで涼やかで目に優しい。

桜の時期は見事であろうな、と律が言うと、そうだな、と言ったきり、美弥は口を噤んでしまった。

てっきり、「わたしが案内しよう」とでも言ってくれるかと思っていた律はたじろぎ、銀次はわかりやすく舌打ちをした。旦那、何言ったんですかい、と。

菅笠《すげがさ》に隠れて表情まではわからないが、美弥の後ろ姿は悄然としているようにも見える。

（――桜の時期、か）

悄然として見えたのは、間違ってはいない。

美弥は先のことを考えると、何とも言えぬ気持ちになるのだ。

月夜に、美弥が玉に見せたのと、同じ顔。

（一年足らずののち、わたしは）

若瀬殿と夫婦《めおと》になっているのであろうか。

美弥は唇を噛みしめ、船べりを握る指に力をこめた。

律のもの言いたげな視線を全身で感じながら、だが今はけっして顔を見るのはやめて
おこうとあえて前を向く。

（まずはなんとしてでも椿前《つばきまえ》藩へ入る。わが身のことはもっとずっと後のこと）

行きは偵察と江戸案内を兼ねていたから、かなり時間をかけて浅草までやってきたが、
舟に乗ってしまえばあっという間だ。

おもちゃ代わりに櫓《ろ》を触って育った、と豪語する銀次の腕は確かで、大小の舟で賑わう中を滑るように進んでゆく。

蔵前《くらまえ》、両国《りょうごく》と抜ければまもなく新大橋。日本橋界隈への支流に入る。

支流へ入ってからはさらに銀次の腕がものを言った。

川幅は狭くなり、まるで路地のようだ。右へ曲がって左へ曲がる。細長い舟の舳先をぶつけず、さほど揺らさず、熟練の技で進んでゆく。

日本橋界隈から近づくより少々遠回りではあるが、八丁堀まで南下してから楓川へ入り北上する。

江戸中の水路を熟知した銀次と美弥の打ち合わせ通り舟は進み、もうすぐ椿前《つばきまえ》藩邸の南端に差し掛かろうかという頃。

「ほう、これは……」

「何か？」

図らず漏れた一言を聞き逃さず、しかし慎重に美弥の名は呼ばぬまま、律はすぐさま反応した。銀次も心得てすぐに舟を止める。

昼前に見たときと同じく、相変わらず侍の数は多いが、それに交じって手代を従えた商人が用を済ませて帰ってくる。反対に通用口へと向かう棒手振《ぼてふり》もいる。何の変哲もない、屋敷前の光景だ。

菅笠《すげがさ》を目深に被り、律は這うようにして美弥の傍らへ寄った。

「何か、わかったか」

「ああ。これは収穫であった。……ふむ、なるほどな」

美弥は納得したように頷《うなず》いている。

互いの息遣いがわかるほどの距離に寄った律に対しても、動じる気配はない。

律と視線を合わせ、好戦的で凛々しい若武者のようにニヤリと笑うと、美弥は「銀、もうよいぞ。八幡様までやってくれ」と言った。

美弥は有言実行の人であるが、即断即決の人でもあったらしい。

富岡八幡宮の近くで銀次と別れ、道場へ取って返すと早速打ち合わせが始まった。

美弥は、「まずは椿前《つばきまえ》藩江戸屋敷へ潜入し、内情を探る」と言い、もちろん他の三名に否やはなかったのだが、なんと美弥は「わたしが行く。わたし一人で行く」と宣言したのだ。

これには美弥の氏素性を知る速水師匠も血相を変えて反対したが、密偵を放ってその報告を待っていたのでは遅い、と美弥は主張し、結局一同は美弥の言いなりになった。言いなりになるしかなかったというべきか。

道場を辞し、大急ぎで藩邸へ戻り、これまた大急ぎで姫姿に着替えつつ、美弥は出入りの呉服屋を呼び寄せた。

さきほど、椿前《つばきまえ》藩邸で用を済ませて出てきた、あの商人である。

けっして奢侈《しゃし》ではないものの、美貌と名高い奥方とその姫のおられる鵺森《ぬえもり》藩邸は上々得意である。至急と呼び出され、この後の用事もうっちゃって、贔屓《ひいき》の呉服屋、日野戸《ひのと》屋嘉兵衛《やかへえ》は美弥姫のもとに馳せ参じたが、人払いの上とんでもないことを持ち掛けられたのだ。

いわく、美弥を日野戸屋の小者として紛れ込ませ、椿前《つばきまえ》藩邸へ連れてゆくこと。

いつだったか、「最近は他藩の御用を承ることも増えまして」とうっかり口が滑ったわが身をどれほど呪ったことか。

他藩とは椿前藩《つばきまえ》のことか、と前置きほぼなしで切り出され、お得意様方のことはお話できませせぬと言い返す心の余裕を奪われたのである。

五十がらみの、根っからの商売人。抜け目はないが悪徳ではない。金銭に疎く、価格交渉に不慣れなのが武士というものだが、彼はふっかけることもなく適正価格の人だ。まあ、美弥の次兄が名高い算術の達人ゆえ佐川家にごまかしは利かぬと承知しているからかもしれないが。

その嘉兵衛に、お得意様の姫は「悪うはせぬゆえ頼みがある。いや、頼みを聞いてもらうぞ」と捻じ込み、何かあったら比喩ではなく首が飛ぶと半泣きで勘弁してくれと言っても、「何かあってはわたしも困る。よって慎重に振る舞うゆえ安心するがよい」と言って（もちろん安心などできるはずはなかったが）、無理矢理に承諾させたのだ。

「わけは聞くな。しかし、事が成れば日野戸屋はますます安泰ぞ」との言葉がいかほどの慰めになったのやら。

＊＊＊

明くる日、午《うま》の刻。

日野戸屋の主、嘉兵衛は日本橋南界隈、江戸橋に近い椿前《つばきまえ》藩邸の奥棟に通されていた。

美弥も律も、あまりの警備の厳重さに舌を巻いた、あの藩邸の奥深くである。

いわゆる「表向き」と呼ばれる区画からは少し離れており、さりとて「奥座敷」ではない。

完全に独立した離れになっていて、広大な藩邸の中の別邸、と呼べるほどのもの。

先々代の藩主夫妻は仲睦まじいことで有名であり、子が元服するや跡目を譲ってしまって悠々自適に暮らすために建てさせた、そんないわれのある風雅な棟である。

ここ半年ほど、たびたび奥棟《こちら》の御用を仰せつかることが増え、笑いの止まらぬ嘉兵衛であったが、よもや、よもやこのような暴挙の片棒を担がされるとは……！

嘉兵衛は苦労人らしく歳よりもしわ深い顔立ちをしていたが、本日はそのしわの中にありたけの後悔と不安をねじ込んで、傍目にはしおらしくこの棟の主を待っていた。

ややあって。

板張りの廊下が軋《きし》み、複数の足音が近づいてきて、まず、先ぶれが襖を開けた。

いつも連れ歩いている目端の利く手代、忠五《ちゅうご》と、本日はあともう一人。

品のよい町娘姿に装った美弥である。

嘉兵衛を含め三人はまずは言葉もなく平伏した。

「待たせたな、嘉兵衛」

男にしては少し高い声。

(若いな。といっても若瀬殿、律殿と同じくらいか)

平伏して額を畳につけながら、美弥は考えた。

「――和秋《かずあき》様におかれましてはご機嫌麗しく。お目通りの栄を賜りましてこの嘉兵衛……」

「よい、日野戸屋。苦しゅうない、楽にせよ」

「ははっ」

三人はゆっくりと顔を上げた。

美弥は嘉兵衛や忠五よりもさらに一拍、二拍遅れて身を起こし、それでもまだしとやかにうつむきかげんに目を伏せている。

視線が自分へと集まるのを感じた。武芸の達人の美弥である。気配を察するために、目隠しまでして木刀を振るったこともあったのだ。

「日野戸屋、見慣れぬ者がおるな」

案の定、すぐに声がかかった。

「は、これなるはわたくしの姪でござります。親を亡くし、三月《みつき》ほど前に引き取りまして家業を手伝わせておりましたが、親代わりの欲目と申しましょうか、なかなかに賢く、また目利きでもありますゆえ、こたびは手伝いにと……」

「わかったわかった日野戸屋、もうよい」

腹を括ってよどみなく語る嘉兵衛の長広舌を、面倒くさそうに男は――和秋は一蹴した。

「その女子《おなご》、名を何と申す」

「美津《みつ》と申します」

美弥ではまずい。美津、なら違いすぎないから呼ばれてもうっかり聞き流すこともないだろう。そう思ってみずからつけた仮の名である。

「美津、顔を上げよ」

「……はい」

美弥はことさらにゆっくりと顔を上げ、伏し目がちだった目を開けた。

おおっ……と声にならぬ声が上がる。

和秋のものか、その供も含め、全ての者の声か。

一瞬だけ、美弥の視線と食い入るように見つめる和秋の視線が交差して。

美弥はまた、慎み深く伏し目がちに、和秋の衿元あたりへ目を向ける。

(ふん、なんというか、こう……得体の知れぬ御仁だな)

月代を剃り、派手ではないがなかなかに粋な着流し姿の和秋は、年の頃二十四、五くらいか。色が白く、なんというか、

(芯のなさそうな。かといって軟弱というのではなく、やはり、まあ〝得体の知れぬ〟という……)

美弥が冷静に頭を働かせていると、

「美津、もそっとちゃんと顔を見せよ」

焦れたような和秋の声がした。

はい、と小声で応じて、美弥は今度こそはっきりと和秋の凝視と言ってよい視線を受け止める。

「なんと……なんと美しい」

呆けたように呟く和秋は、脇息《きょうそく》を放り出し前のめりになっている。

まるで視姦《しかん》するような粘《ねば》ついた凝視は不快そのものではあったが。

(審美眼はまともらしいな。正直なのはいいことだ)

頬を染め、いかにも恥ずかしげに、困ったような微笑を浮かべながら、豪胆な美弥は考えた。

＊＊＊

あたしはちゃんと学習する。

「玉は賢いね」と姫様をはじめ皆に言われるのは理由があると思っている。

大事なことだ、とあたしが思ったことは、二度は間違えないもの。ちゃんと覚えているの。

その日は朝から変だった。

もともと早起きの姫様がさらに早く起きているから、姫様にご用事があるのはすぐにピンときたけれど、大好きな馬の乳を飲ませてくれたり、「お利口な玉にはこれをやろう」となんとお刺身の小さいのが放られたり！　あうあう言いながら頂いたけれどあたしにはわかった。

姫様はあたしを置いて出かけるつもりだ。

姫様がことさらにあたしに構って甘やかすときは、長時間あたしを置いていこうとするとき。

まだ拾われて間もない頃だったと思うけれど、ある日やたらおいしいごはんやおやつが出てきたその後、満足してくうくう眠るあたしを放ったらかして、姫様は三日ほど谷《や》中《なか》の下屋敷へ遊びに行ってしまった。

絶望して寂しくて声を枯らして鳴いて鳴いて、そのへんのお座布団に噛みついて引っかいてくちゃくちゃにして、留守居役の御女中がくれるごはんにも見向きもせずにいたら気持ちが悪くなって、とうとうあたしは起き上がれなくなった。

七福神巡りをしたとか天王寺の富くじを楽しんだとか。羽を伸ばしてご機嫌で帰ってきた姫様は、御女中の報告を聞き、あたしの様子を見るなり肝をつぶしたらしくって、かわいそうに悪かったと何度も言って涙を浮かべて看病してくれて。

もちろん、あたしはすぐさま回復した。

べつに、病気じゃないもの。

姫様がいてくれれば、それで大丈夫。

姫様はこれに懲りたのかどこへ行くにもあたしを連れていってくれるようになった。

ちょっとしたお出かけなら置いていかれてもいいのだけれど、どこかへの参詣とか芝居小屋とか、何刻も屋敷を空けるときには必ず姫様の懐に入れてもらうの。

なのに、今日。

町娘みたいななりをした姫様はそれはそれはきれいだけれど、すこぅし眦《まなじり》がつり上がっていつもより緊張しているようだ。

おいしいものをたくさん頂いた後、あたしはずっと両手を揃えて行儀よく姫様の仕度を見ていたのに、褒めてもくれないし声もかけずに踵《きびす》を返すものだから、あたしは慌てて姫様の背中に駆け上がった。帯がいい感じに踏み台になってくれて、背中から姫様の肩へと移動する。

「玉、いい子にしておいで。これ」

手を伸ばしてあたしを摘み上げようとしたけれど、そうはいくものですか。

痛くない程度に爪をたてて絶対に下りる気はないと行動で伝えた。

姫様はあたしに乱暴はできない。緑の組紐を引っ張ったり尻尾や耳を摘んだりしたけれど、にゃあにゃあいってしがみついて強く抗議したら姫様は諦めたらしい。

「――わかった、玉。わかったからおんりしよう、な？」

降ろされるなりどこかに閉じ込められてはかなわないから、あたしは姫様の肩から胸を伝って強引に懐に入り込んだ。

いい匂いがしてこんもりして居心地のいい姫様の胸の上に収まる。

「梃子でも動かぬか。玉にはかなわぬ」

呆れたように姫様は笑った。

そして懐の上からあたしをゆすり上げるようにしながら、

「玉。いきなり身の危険があるとは思わぬが……これから美弥が参るのは敵地。物見遊山ではない」

難しいことを言い始めた。めったに聞かない、物騒な言葉。厳しい声。

「絶対に許しなく顔を出してはならぬ。よいか、玉。ぜったいに、だ。わたしの許しなく顔を出すな。できぬなら縛ってでも置いてゆくぞ」

ますます剣呑な言葉。縛ってでも、なんて。

よくわからないけれど勝手なことをしてはだめ、でもいい子にしていれば連れていってくれるのだろう。あたしはちゃんと聞いてますよと伝えるつもりで「んなっ」と短くきりりと鳴いてみせた。

姫様の酔狂につきあわされて疲れ切っているらしく、おとなしくさえしていれば、日野戸屋のご主人もその手代もあたしの存在には気づかないようだ。

――こうしてあたしは首尾よく姫様と一緒に椿前《つばきまえ》藩邸・奥棟とやらにたどり着いた。

顔を出してはいけないから姿はわからないけれど、和秋様と呼ばれる人は明らかにおかしくなった。どんなふうにおかしいのかというと、ようは落ち着きがないというか。話し方が上滑りというか。

部屋に入った頃は普通に威張った人だったと思う。

姫様が挨拶をして顔を上げたら急に変になったのだ。

まず、もっと近く寄るように命じて姫様を自分の目の前に座らせた。

隣でもよいのだと言ったのだけれど、おつきの人らしい低い声が聞こえてきて、「大概になされませ」「御用が済みましたら速やかに引き取らせねば」と叱りつけるので、姫様を隣に座らせるのは諦めたみたいだ。

そして諦めはしたけれどどうわざとみたいに椿前《つばきまえ》藩の金蔵が豊かなこととか自分の目は確かだとか自慢ばかりしていて、たまに話題が変わると姫様のことを聞きほじろうとした。

でも姫様は賢いから、何か問われても踏み込ませることなく受け流して、結局は気付けば和秋という人ばかりが喋らされていたのだけれど。

その、お喋りの中でわかったこと。

「そなたは知らぬであろうが」と前置きして言うには、自分はもうすぐ家督を継ぐのだと（若君！　とおつきの人が止めようとしたけれどよいではないか本当のことだととりあわなかった)。

それと同時に、亡くなった兄上の許婚《いいなずけ》と顔合わせをして、早めに祝言《しゅうげん》を上げたいと。急に家督を継ぐことになったため、許婚《いいなずけ》殿の実家、将軍様の信頼も厚い佐川家の後ろ盾が一刻も早く欲しいのだと。

「まあ」「さようでございますか」「なんとご立派な」「ご明察ですわ」「お察し申し上げまする」

姫様は要所要所でこの五つのどれかを口にしてるだけだったのに、若君(おつきの人がそう呼んでるからね)はご機嫌で喋りまくった。

機嫌がよすぎて、酒まで運ばせたくらいだ、当然、姫様にも「許す、お前も飲め」とか言って杯をおしつけてきたみたいだけれど、「そのような恐れ多いこと」「不調法者でございますゆえご容赦下さいませ」と言って袂《たもと》で口元を押さえているからあたしは鼻を鳴らしたくなってしまった。何を言ってるんだか、姫様は。

お屋敷一の酒豪なのに。

そして、日野戸屋が呼ばれていた肝心の御用というのは、「いずれ自分が娶る佐川家の姫の好みそうなものを調える」というからあたしはその日一番びっくりした。たぶん、姫様もだろうと思う。

若君は姫様のきれいな顔を見て上機嫌になった上に口が羽根のように軽くなったらしい。

「大名家の姫など肩が凝ってかなわんが、それなりに調えぬと椿前藩《つばきまえ》の体面にかかわるからな」と言って、鵺森藩《ぬえもり》御用達の日野戸屋を呼び、好みを探りながら種々調えているのだそう。日野戸屋は呉服屋の他に廻船問屋もやっていて、諸国の名産、小間物なども商っているからと。

「女物を見繕う」から取り揃えて持ち込むように、とだけ、日野戸屋の親父さんには伝えられていたのだそうで、そのせいで姫様を一緒に連れてゆく口実にできたようだけれど、女物、というのが姫様自身への贈り物だったなんて。

若君はいい恰好をして金に糸目はつけぬと言って、姫様がぞんざいに（あたしにはそう聞こえた）選ぶものは全てお買い上げにしていて、日野戸屋も面倒はごめんだと言いながら大商いに興奮気味だった。

夕餉まで振る舞われそうになったけれど、とうとうおつきの人が「若君、これまですぞ」と言い切り、日野戸屋も姫様も長居の不調法を丁重にお詫びしてようやくお開きになった。

最後の最後、「これはお前に」と言って櫛か何かを贈り物にしたらしい。

姫様は固辞しようとしたのに結局受け取らされ、さらには次の訪問の約束までさせられていた。日野戸屋と手代が変な音をたてて息をのんでいて、必死になって断ろうとしたけれど、若君はしつこくて引き下がらなかったので、とうとう姫様が折れてその場を収めたのだ。

「晴れがましく有難く身のすくむ思いでございます」とか神妙に言いながら「わたくしなどでよろしければ参上仕りまする」と口にしたとたん、「待っておるぞ」と三回くらい言っていた。

「手前どもの命にかかわる」「寿命が縮む」と呻《うめ》く日野戸屋と手代は椿前《つばきまえ》藩邸を出たとたん、しなびた菜っ葉みたいにうちしおれたらしい。「なんとかなるであろう。よろしく頼むぞ」とさっさと腹を括った姫様とは対照的なのが面白かった。

日野戸屋と適当なところで別れ、姫様ひとりでお屋敷へ戻る帰り途《みち》で。

あたしはもう頭を出していいかどうか聞きたくて、ちっさな声で「にゃ」と言ってみたのだけれど、姫様は許してくれなかった。

それどころか。

「――玉。ぜったいに顔を出すなよ」

あたしの全身の毛が逆立つくらい厳しい、怖い声と同時に。

姫様は足を止めた。

＊＊＊

日野戸屋主従と別れ、一人になる前から、美弥は気づいていた。

(気配は――一人きり、か。侮られたものよ)

思わず苦笑したが、どこから見ても年若い柳腰の町娘ひとり。

複数名で尾行などするはずもなかろう。

ゆっくりと歩いたり、わざと早足になったりして背後の気配を探ったが、間違いない。

一人、尾《つ》けてきている。

お馴染みの富岡八幡宮あたりまで来ると、師匠の道場はもうすぐそこ。

尾《つ》けられたまま道場へ行くのは潜伏中の二人に対して危険だし、鵺森《ぬえもり》藩邸へ直行するのも論外。自分の素性がばれてしまう。

ならばこのままちょいと寄り道をして、どこの者が自分に目をつけたのか聞かせてもらおう。

幸い、このあたりにはこぢんまりした寺も集まっていて、一歩境内へ入れば深閑としているから密談にはもってこいだ。彼岸でもない昼日中、そうそう墓参に人が来ることもあるまい。

「目をつぶっても歩ける」とは多少の誇張であるにせよ、美弥はこのあたりを熟知している。道場にも藩邸にも遠くはない。何かあっても助けが呼びやすい。

そのようなところを一か所選び、美弥は寺の本堂、賽銭箱の前に立った。

あたりにそれとなく目を配り、気配を探って、自分とその者以外はいないことを確かめる。わざと賽銭を取り出そうと袂《たもと》から巾着を出すと、案の定、背後の気配はすいと距離を詰め、そして。

「⁉」

「動くな」

美弥の腕をとらえようとした男の手はやにわにぐいと引かれ、何が起こったか悟るよりも先に、喉元へ懐剣が押し当てられる。

よもや嫋やかな町娘ひとりと誰もが思ったであろう。

それが、このような――

「騒ぐなよ。まあ、騒ぐ気もないであろうが。尾《つ》けていたのだから、なあ？」

しっとりとなめらかな声。女としては低めの美弥の美声だが、十分に凄みを利かせたそれは、拘束された男を震え上がらせた。

華奢な娘。

しとやかに愛らしく歩く美弥を見て、誰がこのような目にあうと思っただろう？

「どこの者だ？　なぜわたしを尾《つ》けた？」

「……」

「早く申すがよいぞ。わたしは気が長いほうではない」

「く、う……っ」

男は呻いた。

生温いものが喉笛から胸元を伝って流れ落ちる。

みずからの冷や汗と。


――一筋の、血。


「早く言わぬか。かすり傷で済んでいるうちに」

「わかった、話す、話すからこれを」

研ぎ澄まされた刃の切先は恐ろしいほどに冷たくて、男は声を上ずらせた。

おまけに、言葉を発するたびに切先が食い込みそうだ。

微細な傷だろうが、そこへまた刃を、それもゆっくりと突きたてられたらどれほどの痛みなのか想像もしたくない。

「頼む、これを」

「逃げられては困る。すぐには殺さぬと約束するゆえ早う話せ」

取り付く島もなく美弥は言った。

先手をとったとはいえ美弥は女の身。今は急所をとらえているが、男が死に物狂いで暴れたら厄介だ。

情けは無用と判断した美弥は強気だった。

「もそっと痛いほうがよいのか。ならば」

「——椿前藩《つばきまえ》の者だ！」

刃が構え直される気配と同時に、男は吐き捨てるように言った。

「そんなことはわかっている。お前、かの屋敷を出てからずっと尾《つ》けていただろう」

そんなに初めから気づかれていたとは。

男の体から力が抜けた。

「山根《やまね》。山根、鹿之助《しかのすけ》……」

うなだれた男、山根鹿之助は観念したらしく神妙に言った。

「やまね、しかのすけ」

美弥はゆっくりと繰り返した。

透き通る黒い瞳で男を見つめる。

後ろめたい者なら顔を背けてしまいたくなるような、嘘を許さぬ、まっすぐな視線。

とんでもない美女というか美少女というか。

今さらながら山根は思ったが、しかし現実は厳しかった。

観念したとはいえ緊張して浅く速く呼吸をする喉元から、物騒なものをまだ撤収してくれないのだ。この娘は。

おまけに、人気はないとはいえ、本堂正面ではあまりに目に立ちすぎると思ったのか。女とも思えぬ力で境内の欅《けやき》の陰まで引っ張られ座らせられた。

「頼む、娘御、このままでは」

「椿前《つばきまえ》藩の誰に与する者だ。そこまで申せば離してやる」

「娘御、そこまで知っておるとは……！　いや、わかった！　話す！」

山根はさらに深くうなだれた。

「殿の祐筆《ゆうひつ》だ」

「現藩主殿の？」

「いかにも」

「偽りではなかろうな？　字を書かせて裏をとったほうがよいか？」

「嘘は申さぬ」

山根は小声だが腹を括ったらしくきっぱりと言った。

「祐筆《ゆうひつ》がなぜわたしの後を尾《つ》ける？」

「出入りの日野戸屋が見慣れぬ者を連れてきたと聞き……ご公儀の隠密では、と」

「なるほど」

美弥は拘束を解いた。

懐剣はまだ鞘に収めてはいないが、山根がようやく安堵する程度には距離をとっている。

わずかな言葉から猛烈な勢いで事態を推測する。

ご落胤は屋敷内を押さえ込むのに総力を挙げているはず。幕府の動向まで気を回すのは、ある程度政の中心にいてこその発想だ。

それに、祐筆《ゆうひつ》ならば。

尾行するにしても下手とまでは言わないが慣れぬようだし、竹刀だこもない女のような手なのも頷《うなず》ける。

「では山根殿は、ご落胤……いや、和秋様の件は」

「あのような者。けして殿のご落胤などではありえぬ」

「これはこれは」

美弥はわずかに口角を上げた。

憎々しげに吐き捨てる山根はどう見ても虚言を吐いているとは思えない。

美弥は箱入りも箱入り、大名家の姫だが、幼い頃よりありとあらゆる人々に囲まれて暮らし、精神修養を含む武芸を磨き、年に似合わぬ観察眼を持っている。

やはり、自分が屋敷に潜入したのは正しかったと実感した。

それによって敵味方問わず注意を引いて、いきなり味方の本丸、藩主の祐筆《ゆうひつ》と対面することができたのだ。

さきほどの、敵の本丸、和秋に妙に気に入られたらしいのは計算外だったたが。

「山根殿。単刀直入に問うが、今、国元から呼び寄せた嫡男の弟君はどうしておられる？」

「⁉　そ、そこまでなぜ」

山根は絶句した。

江戸家老によれば「弟君は盗賊に襲撃されご落命」とのことだが、よく聞けば亡骸を確認したわけでもなく、さらに邪魔者がいなくなって悠然と構えるでもなく、彼は何かにつけ「ご落胤」のいる奥棟に籠もっては密談を交わしている。

そしていつのまにか、目つきの悪い浪人風の者が屋敷内を闊歩しているし、中間部屋《ちゅうげんべや》もそういう風体の者らが幅を利かせつつあるとか。

彼らの様子を見るにつけ、弟君は「行方不明」なのであって、亡くなられたはずはない、と山根をはじめ彼と志を同じくする者たちは信じているのだが。

なぜ、この町娘がここまでの事情を？

問われるよりも先に、美弥は小声で早口に言った。

「山根殿。にわかには信じがたいであろうが、わたしは縁あって弟君とその乳兄弟の所在を存じ上げている」

「なんと……っ」

山根鹿之助は実直そうな丸い目を極限まで見開いて、再び絶句した。

立ち直るや否や、今度は若君にお会いしたいと騒ぎはじめた山根をなだめすかして、美弥は今日のところは屋敷へ帰るようにと促した。

山根を今さら疑うものではないが、かといって、さすがにせっかく生き延びた二人のもとへ、本日このままいきなり連れていくわけにはいかない。

自分は山根の尾行に気づいたが、山根自身に尾行がついていたら危険極まりない。

三日後の未の刻、ここで引き合わせよう、と。

予定が立てば逸る気持ちも収まりがつく。美弥の言い分はもっともであったので、山根は名残惜しげに振り返りつつ戻っていった。


――そろそろ日没も近い。


自分が屋敷を抜け出すときは、いつも背恰好の似た侍女が順番に代役を務めることになっているのが、昨今の奥向きの不文律。父上母上、兄上たちも知っていて見ぬふりをしてくれているのもわかっている。

もう帰ったほうがよいのであろうな、と思いはしたが、今日のことを報告しておきたい。

命狙われ、たどり着いた江戸で不自由な潜伏生活を強いられている二人を、一刻も早く元気づけてやりたい。

というわけで、結局、美弥は町娘姿のまま速水道場へと向かった。

勝手知ったる師匠の道場兼住まいである。他人行儀に玄関で呼ばわるのも今さらと思い、よく磨かれた飛び石伝いに庭へとまわる。

「誰かおられぬか」

「はい、ただいま」

板の間を踏むわずかな軋み音と共に軽やかな足音がして、小柄な丸顔の女が、手を拭きながら現れた。

夕餉の仕度でもしているのか、出汁や醤油に火のとおるよい匂いも流れてくる。

「先生はただいま道場で……、おや、これはどちらさまで」

海老茶の絣《かすり》の着物にたすき掛けをした女の、ふっくらとして柔らかそうなしわを刻んだ顔に、困惑したような色が浮かぶ。

見覚えのない客が庭から来ることに不審の念を抱いたようだ。

「あなた様は、失礼ながら……?」

「見忘れたか、ふさ」

笑いながら美弥は言う。

べつにいつまでも勿体ぶるつもりはない。

「ふさ、美弥だ。わたしの女子《おなご》姿はそんなに珍しいか」

「おや、まあ！」

　速水道場の通いの女中ふさは、目も口も顔と同じく丸くして驚いてみせた後、慌てて居住まいを正して丁寧に腰を折った。

「とんだご無礼を致しました、姫、いや、美弥、どの」

　師匠から話を聞いていたらしい。

　ふさはぎこちないながらもすぐに言い直して頭を垂れた。

　思わず美弥は苦笑する。

「そのような礼はなしだ、ふさ。呼び名と挙動が一致せぬ」

「はあ、さようで。……しかしその、美弥、どの、ああもう言いにくい」

　ふさは美弥に優しく腕を取られて立たされると、自分より頭ひとつ分以上背の高い美弥の顔をつくづくと眺めた。

「町娘のなりなどされて、またご酔狂な」

　呆れと賛嘆の入り交じる口調は穏やかで温かい。

　長年、速水の身の回りの世話をしているふさは、当然美弥のことも幼少の頃からよく知っていて、お転婆がすぎれば叱ったり、剣術が上達すれば褒め称えたりし、「恐れ多きことながら」と言いつつ我が子のように美弥を可愛がっている。

「なんとお美しいこと。もうすぐ日も沈みますのにお一人でお出でになるとは、拐《かどわ》かしなどにあわれたらいかがなされます」

「わかったわかった、ふさ。十分気を付けるゆえ、堪忍してくれ」

殊勝なことを言いながらまったく堪えた様子はなく。けれど心配性の媼《おうな》の背を美弥はいたわるようにそっと撫でた。

「師匠は？　あと、例の」

「道場におられますよ」

美弥は縁側の置き石のところで履物を脱ぐと、きしきしと廊下を踏みしめて道場へと急いだ。

入口は襖が一つあるだけ。床も柱も黒光りするほど磨き上げられた板張りの道場は、外側に通じる扉はなく、明かり取りの格子戸が天井近くにあるのみだ。

美弥は膝をつき、「戻りました」と声をかけて襖を引いた。

（――おお、これは）

若瀬と律が道場の中央で木刀を構えていた。

どちらも肩を落とし、木刀は低めに構えて、言葉を発さぬまま間合いをとっている。

沈黙の時間は長く、それでも二人は動こうとはしない。

（律殿はともかくとして。……あの構え、目配り。若瀬殿もなかなか）

軟弱な若侍、と思ったがあえてそう装っていたのだとしたら、食えぬ男である。

それにしても、

（果たし合いではないのだから、もっとこう……打ち合えばよかろうに）

剣術試合、果し合いであれば、互いにきっかけを窺いいつまでも踏み出さぬこともあろうが。と、つらつらと美弥が考えていると、

「両者とも、攻めよ」

美弥の師匠も同様に思ったらしい。

床の間を背に座した速水が言った。

それを合図に。というより、きっかけを待ち望んでいたかのように。

「やああああああっ」

腹に響く居合の声と共に先に踏み出したのは、意外というべきか、若瀬だった。

カン！　と一度だけ木刀を合わせ横薙ぎに払い、律は無言でその場に立ち尽くす。

見ようによっては、若瀬の意気込みを鼻であしらうような動きだが、美弥はみずからも一流と自負する剣士であるため、律はべつに侮ったわけではない。不要だから足元までは動かさなかっただけだとわかっていた。

「はあっ」

再び若瀬が大きく飛んで、大上段から振り下ろした。

カン！　とまた木刀が鳴る。

その後は激しい打ち合いの音が響く。

突く、薙ぐ、払う。

飛び退ってまた木刀を交差させる。

右、左、上、下。打ち合っては飛び離れ、踏み込んで懐に飛び込み、目の高さで打ち合わせた木刀がぎりぎりと軋むほどに鍔元《つばもと》へ滑らせて力任せに競り合って、互いの拳が触れるほどの距離でせめぎ合う。

男二人は渾身の力を込めているのか。やがて二人の額に玉の汗が噴き出すが、荒い息遣いは若瀬のみ。

律は噴き出す汗さえなければ、不気味なほど静かに眼前の若瀬の焔《ほむら》のような視線を受け止めている。

若瀬もかなりの腕であった。何より、いつもの飄々とした様子からは別人のような荒々しい気迫は目を瞠《みは》るものがある。

（どちらが本性なのか知らぬが。奥の深い御仁なのだな）

巾着を奪われても往来で突っ立っていただけの若瀬を、美弥は少し見直すことにした。

それにしても。

律殿は相当だ、と思う。

ある意味、若瀬殿が相手だからここまでの戦だが、数段優った使い手ならどれほどの手を見せてくれるのだろう。自分も手合わせをしたいものだ。ぞくぞくする。

（あの呼吸の整え方。……なるほど、律殿は若瀬殿の敵ではないな。若瀬殿が弱いわけではないが）


――永遠に続くかと思われた長い鍔迫《つばぜ》り合いの後。


ゆるゆると、律は唇の端をつり上げた。

「終いだ、若」

「っ⁉」

短い一言ののち。

半瞬の間をとらえて交差する木刀が解かれ、カアン！　と若瀬の手から鮮やかに木刀が弾き飛ばされる。

小さく舌打ちをして、それでも若瀬は、

「参った」

潔く言って頭を下げた。

「若。鍔《つば》迫《ぜ》り合いはよしたほうがよいと俺はいつも言っているのに」

同じく礼をとった後、もうすっかり通常に戻ったらしい律は、みずからが飛ばした若瀬の木刀を拾ってやりながら言った。

「あれは下手をすると力比べになる。互いに消耗するし、俺は好かぬ」

「律は力が強いのだからよいではないか」

「強くても、だ。剣術は力自慢ではない」

そうですね、師匠？と速水を振り向いた律は、板の間に正座をして微笑む美弥を目にするや否や比喩ではなく全身をのけぞらせて驚愕した。

豪奢な縫いなどは一つもない、染めだけで仕上げた、派手ではないが品のよい淡水色の小袖姿。裾には濃淡で変化をつけた青楓が散っている。爽やかで若々しく、美弥によく似合っている。

娘らしい丸髷に黒塗りに小さく金彩を施した櫛を挿してあるが、二筋、三筋、落ちた後れ毛がなんとも艶めかしい。

絶世の美女、いや、美少女がそこにいた。

「こ、これは、……っそなた、いや、おぬし……っ」

「律殿、言葉になっておらぬぞ」

美弥は晴れやかに微笑んだ。

自分が装った姿を目にした者はしばしば似たような反応を示すから、美弥はあまり気に留めない。

それよりも、若瀬は予想以上の腕前だったし、律が思った通り相当の使い手であることがわかって、美弥にはそれが嬉しい。

「律殿、さすがだな。若瀬殿も、なかなか。よいものを見せて頂いた」

にこにこと頬を上気させて笑い、話す美弥は眩いほどに美しくて。

律は阿呆のように口を開けたまま、いつまでも美弥の前に立ち尽くしていた。

性別について大いなる誤解が生じたままではあったものの。

時任律、陥落の瞬間であった。

若瀬に手加減なしの力で耳を引っ張られて我に返った律だが、脳はまだその働きを止めていたらしい。

耳をさすりながら、「失礼した」だの「よく似合う、いや、女子《おなご》姿を似合うと言われても困るであろうが」だの間の抜けたことをごもごも言っていたが、当の美弥は面倒くさくなって「よいから報告を聞いてもらいたい」と活を入れ、彼はようやく本当の意味でまともになった。

ふさに頼んで茶を運ばせると、美弥はさきほどの山根との邂逅《かいこう》と、その際に聞き取った話を報告した。

律も若瀬も、安堵する一方で、江戸家老とその一派が今の江戸屋敷を牛耳っていることは間違いない、との結論に達し、苦い顔つきになる。

「祐筆《ゆうひつ》、目付。殿の近習の者がいくらか。そして中老とそれに従う者か」

それらが、和春亡き後、国元から次男を呼び寄せて家督を継がせようと考えた者たちらしい。

つまり、律と若の味方衆といえる。

「山根殿が申すには……勘定方はほぼ中立なのだそうだ。どちらかと言えば山根殿の側に与したがっているようだが、藩主殿が病床におられる今、細々とした差配、特に金子《きんす》のことはほぼ江戸家老のもとに集中しがちで、勘定方としては思うにまかせぬらしい」

律と若瀬は唇を引き結んだまま期せずして同時に頭を振った。

予測はしていたとはいえ、ここまで内部分裂し、かつ、藩主の権威が地に落ちているとは。

それだけ、病篤し、ということか。

「と、……父上はどうしておられるのか」

若瀬は呟いた。

「藩主殿のことか。山根殿はきっかけはわからぬがお気鬱からくるものではないかと」

嫡男を亡くされてはさもありなんと美弥は頷《うなず》き、美しい所作で茶を啜った。

「そういえば美弥殿。ご落胤の和秋とやらはどのような者であったか」

律は湯飲みを大きな手のひらの中で回しながら尋ねた。

「嫡男の名が和春。それでご落胤の名は和秋、か。はは、よう考えたものだ」

「なに、名などいくらでもつけられよう。そのようなことよりも人物が全てだ」

大真面目に美弥は言ったが、自分で自分の言葉に腹を立てたようになめらかな頬を膨らませている。

まことに愛らしい、と、律と若瀬が見惚れているとも知らず、

「本当にご落胤であったら英明と聞く藤田令以殿はいったい誰に産ませたのか。まあなんとも俗物であったぞ」

若瀬殿の血縁であろうが似ても似つかぬと美弥は憮然として言った。

奥棟でのやりとりを思い出したのだ。

「何があった？　儂《わし》に聞かせてはくれぬか」

ずっと沈黙していた速水師匠は心配そうに言った。

なるほど、助太刀はするとは言っても、あくまで同門の兄弟弟子の遺言を全うするにすぎず、速水の関心の大半は美弥の上にあるのだろう。

律と若の前ではまだ黙っているが、速水の大切な一番弟子であり主家の姫である美弥が妙なご落胤の屋敷へ潜入するなど、本来ならしわ腹掻っ切ってでもおとめすべきだったのではないかとはらはらしていたのだ。

「師匠、心配ご無用」

父か祖父のように可愛がってくれる師匠を慮ったのだろう。

美弥は慌てて言った。

「べつに無体を働かれたわけではない。酒を勧められたが断ったら無理強いせなんだぞ。ただ、話題の大半は自慢話と〝我が家督を継ぐ身ゆえ〟とまあよくもあれほどの大盤振る舞いができるものだ。ご大身の椿前《つばきまえ》藩といえどわたしは金蔵が心配になった」

「……酒」

出入りの商人によほどのことがなければ酒など振る舞わない。

それも貴人と差し向かいでなど。

「……大盤振る舞い」

美弥を前にしていい恰好をしたに決まっているではないか。

「それだけですかな？」

静かに厳しく速水が問いかける。

「まあ、そんなところだ、速水師匠。……そういえばべっこうの櫛をよこしてきたが、な。こころづけというやつなのか？」

「べっこうの櫛だと⁉」

三人同時に声を上ずらせた。

それぞれはけっして大声ではないが、揃うとそれなりの音量である。美弥は珍しく飛び上がった。大げさに騒ぐほどでもあるまい、いい恰好しいの御仁ゆえ、と反駁してみたが男たちは眉根を寄せてその日一番の険しい表情を見せている。

べっこうは高級品である。

出入りの商人が連れてきた一介の町娘にくれてやるには破格の代物だ。

「美弥、殿。これはいけませせぬ。まずいですぞ。もう二度と椿前《つばきまえ》藩邸に行ってはなりませせぬ」

「師匠、大げさな」

「大げさではない。これは大事である。よろしいか、美弥殿」

厳しい稽古をつける師匠であったが、今まで聞いた中でもしかすると一番厳しい声かもしれない。

子供の頃、道場の床の間にあった掛け軸に穴を開けたことがあったが、そのときの叱責よりも厳しいかも。

不本意であるが本気の速水は美弥にとってはまだそれなりに恐ろしい。

豪胆でふてぶてしい美弥だが、基本的には長幼の序をわきまえ礼をとるべしと考えている。

五日後、また呼ばれているなどと言ったらどうなることか。

「美弥殿、あなたは目をつけられたのですぞ、女子《おなご》姿で。それがどれほど危険なことかおわかりにならぬか」

「美弥殿。おぬしの働きにはどれほど礼を申しても足りませぬ。またお力はお借りしたいとは思う。しかしこれは」

速水に咎められ、若瀬に頭を下げられ。

思わず助けを求めるように律を振り返った美弥だが、

「りつ、どの」

「だめだ、美弥殿。おぬしほど美しければ男も女子《おなご》もない」

律の声は地を這うような低声で、あとの二人の言葉よりもさらに美弥の腹に堪えた。

「その様子であればまた呼ばれるであろう。いや」

ぎろり、と律はいっけん神妙な面持ちの美弥の美しい顔を睨みつけた。

「次はいつだ、美弥殿」

美弥は思わず目を逸らす愚は犯さなかったが、観念して、それでも悔しくて、律の鋭い瞳を精一杯の視線で射抜き返す。

「五日後だ。また来るようにと三度も言っていた。行かねば日野戸屋が咎めを受けよう。わたしは行くぞ。まだ調べたいことはいくらでもあろう」

口を挟ませぬつもりで、美弥は一気にまくしたてた。

三人の目力は相当のものだが、心を落ち着けて受け止めれば怖くはない。

そう、落ち着けて、呼吸を整え――

「美弥姫様、儂《わし》はぜったいに行かせませぬぞ！」

「師匠っ」

速水は年甲斐もなく絶叫し、美弥が慌てて止めようとしたが後の祭りだった。

「みやひめ、さま……?」

と、若瀬。

「女子《おなご》、だったのか」

美弥の氏素性に驚くよりも、自分が衆道の徒ではないことに心から安堵した律であった。

＊＊＊

もういいかげん、出てもいいと思うの。

絶対に頭を出してはいけない、って姫様が言うから、ずうっと我慢していたけれど、もしかして姫様、あたしのこと忘れてる？

だっていつもの道場へ戻ってきて、姫様の周りには師匠と二人のお侍だけ。

律って人は、特に猫《あたし》のこと嫌いじゃないみたいだし。

危ないことはないはず。

だからあたしは何も言わずに姫様の胸元から、ひょ、って顔を出したのだけれど。

——なんだか妙だった。

いつも淡々としている師匠は顔が真っ赤だし、姫様が腰を浮かせたり座ったり、落ち着かないの。

こんな姫様、見たことがない。

若瀬って人はしばらく口を開けてたけれど、だんだん不機嫌になってきた。

眉間にしわが寄って、舌打ちなんかも聞こえてきた。

のほほんとしてる感じなのに、そういうこともする奴なんだと思ったわ。やっぱり、油断がならない。

一番変だったのは律という人。この人もやっぱりしばらくは馬鹿みたいに口を開けていて、だんだんにやにやしたり赤くなったりぶつぶつ言ったり。

全員おかしな感じだったから、あたしは顔を出したはいいけれど心細くなってしまって、小さい声でにゃーと鳴いてみた。

いつもならちょっとでもあたしが鳴くと「どうした、玉」って姫様は声をかけて、たいていは撫でてくれるのに、姫様は上の空で「ああ、玉か」って言っただけだった。

玉か、じゃないわ。

やっぱり忘れていたみたい。

こんなに長いこといい子にしていたのに。

あたしは腹が立ったから姫様の胸元から飛び降りて、姫様の座る円座《わろうだ》の隅っこでばりばり爪を研いでやった。

お屋敷にあるやつほど上等じゃないのかもしれない。円座《わろうだ》はみるみるうちにぼさぼさになってきたけれど、あたしを叱る人はいなくって、それはそれで無視されてるのかと思うともっと悔しくなってきて。

あんまり不愉快だったから粗相でもしてやろうかと思った頃。

「――すまぬな、玉。我慢をさせたな。もうお暇しよう」

姫様はやっとあたしにちゃんと声をかけてくれた。

力の抜けた声。儚げで、ひっそりとした声。

見上げると眉尻を下げて一応笑っているけれど。

おかしな姫様。なんだか悲しそう。

あたしは今の今まで怒っていたはずなのに、うっかり忘れてしまったらしい。

円座《わろうだ》の藁に爪が引っ掛かってよろけながらも、姫様の膝に飛び乗って、頭をぐりぐり擦りつけてしまった。

こうすると、いつも姫様は「可愛いな、お利口だな、玉は」とご機嫌になるから。

＊＊＊

速水師匠は口を滑らしたことについて恬《てん》として恥じる様子もなかった。

それどころか、

「老いたりと言えど佐川家の元剣術指南役、看過できませぬ」

「黙っていてほしいと姫様は言われたが、ここまでおいたがすぎますれば約束など知ったことではござらぬ」

完全に開き直って胸を張るものだから、さしもの美弥も何も言えなくなったようだ。

稽古事に励み、速水師匠に鍛えられた美弥は、基本的には指示・指導に異を唱えはしない。師匠は理不尽なことを言ってはおらず、何より自分が破天荒なことはわかっているため、しばし沈黙するしかなかったのである。

玉をまた胸元に収め、暇乞いをした美弥は、それぞれの表情で言葉を失う律と若瀬に向き直って、「黙っていてすまなかった」と言って頭を下げた。

「いや、謝られるようなことではない」

形のよい、引き締まった口元が微妙に緩んで仕方がないらしい律は、しかつめらしくしようとしてみごとに失敗した奇妙な顔のまま、

「美弥殿、……いや、姫。その、こちらも勝手に姫を男と決めつけておったゆえ。……ああしかし、やはり女子《おなご》であったとは。俺は本当に安堵し」

「律、少し黙ってくれないか」

若瀬はぴしりと言い、律も自分の益体もない言葉は自覚があったらしく、おとなしく口を噤んだ。

「佐川美弥殿、いや、美弥姫。数々のご無礼、ひらにお詫び申し上げる」

柔和なおもてを引き締め、若瀬は深々と一礼した。

美弥は淡々と、「こちらこそ失礼した」と小声で応じた。

「藤田家嫡男、和春亡き後家督を継ぐ者。それは美弥姫におかれても大いなる関心事のはず」

若瀬はいったんここで意味深長に言葉を切った。

美弥は甘えて喉を鳴らす玉を撫でながら耳だけを傾けているらしい。

ひたすら静かに、胸元にしがみつく愛猫の喉元をそっと擽り続けている。

「美弥姫は当家の嫡男の許婚《いいなずけ》でおられたと聞くが、間違いござらぬか」

「間違いない」

「ならば。……次に家督を継ぐ者を引き続き許婚《いいなずけ》とすることはご承知頂けようか」

「若！　おい！」

律の制止など歯牙にかけず、真っ向から若瀬は問いかけた。

「若瀬、べつに今この場で、そのような！」

「騒ぐな、律。いずれ聞くことだ。それに我らの出自を申した後は、おそらく美弥姫はずっとそのことをお考えだったろう。……いかに、美弥姫？」

美弥は猫を撫でる手を止めた。

まっすぐに問われればまっすぐに返す。

はぐらかしも、ごまかしも潔しとしない。

わずかな間に達観して腹を括ったのか。

細い、すんなりとした首をもたげて、ほんの一瞬、切なげな瞳で律を一瞥して。

「――胡散臭いご落胤殿はさすがにごめんこうむるな。しかし、かのお人でさえなければ。……両家の取り決めならば、承知せざるを得まい」

美弥は静謐な声で、淡い笑みすら浮かべて言った。

美弥の訓練場でありかつ実は町歩きの拠点でもある速水師匠宅には、準備のよいことに、女物と男物、両方の着替えを置いてある。

己の素性が明らかにされた後、美弥はせっかく美しく装った町娘姿を解いて、あっという間にいつもの美麗な少年剣士に戻ってしまった。

少々鬢《びん》付け油が気になるが、後頭部の高いところで長い黒髪を一つに結わえて、刀を携えれば完成である。

「――では、皆」

表立って意気消沈しているわけではないが、生気に満ちた鮮やかな笑顔もなく、淡々と美弥は暇を告げた。

「三日後、申の刻。霊心寺の境内、大欅《けやき》の下だ。わたしも行くつもりだから。屋敷から直接、になると思うが」

「承知致した」

「何から何まで、かたじけない」

二人の若侍は丁重に、深々と頭を下げた。

美弥が大名家の姫君とは驚愕の事実だが、そうと知ればなおのこと、美弥の純粋な好意や献身は有難く、尊いものと思う。

「姫様。大欅《けやき》の件はかまいませぬが、日野戸屋の件。儂《わし》は承服致しませぬぞ」

なんとなくしんとしてしまった一同の中で、速水師匠だけがゆるぎのない頑固さを見せている。

美弥を見送るためと称して杉戸までついてきているが、なんのことはない美弥への念押しである。

「お約束頂けないのならこの速水、すぐにでもお屋敷へ参上し、殿へ事の次第をご報告申し上げる」

「わかった師匠。肝に銘じるゆえ父上へというのは勘弁してくれ」

美弥はさすがに苦笑らしきものを浮かべながら「それでは」と踵《きびす》を返したが。

「――美弥姫。ぜひともお屋敷近くまでお送りさせて頂きたく」

若瀬が頭を下げたまま申し出た。

口調こそ丁寧ではあるが、どことなく否と言わせせぬ押しの強さを匂わせる。

無論、美弥は敏感にそれを感じ取って鼻にしわを寄せたが、若瀬は引かなかった。

「なにとぞ、美弥姫。なにしろ我が藩の奥方となられるお方ゆえお一人で帰らせるなど」

「おい、若、ならば俺が」

「律は残っていてほしい。……よろしいですな、美弥姫」

諾とも否とも返事をしない美弥に業を煮やしたのか、若瀬はただの一言で抑え込むと、美弥の返事を待たずにからからと杉戸を開けた。

＊＊＊

「――強引についてきてしまい、申し訳ない」

速水道場を出てすぐ、ゆっくりと歩を進めながら若瀬は詫びた。

「話でもあったか、若瀬殿」

美弥は聡い。

正直なところ「同行なら律殿だと好ましいな」と思っていたのだが、柔和な風情の若瀬にしてはずいぶんな強引さで「ついてくる」と言うのである。事情があって当然だし、逆になければ意味がわからない。

「律殿や師匠の前では言えぬ話か」

「それはそうですよ、姫」

若瀬は柔らかく美弥の腕を取った。

「若瀬殿……？」

あまりに自然な振る舞いで、美弥はかえって払いのけることも抵抗することもできず目を丸くする。

思わず立ち止まって若瀬の柔和な顔をまじまじと見上げると。

「美弥姫、さきほどの許婚《いいなずけ》の件ですが」

「ああ、……それか」

美弥はほろ苦く、切なげに笑んで若瀬の視線から逃れるように目を逸らす。

「それがどうした、若瀬殿。……いや、許婚《いいなずけ》殿、と呼ぶべきか?」

「美弥姫、あなたのお心はどこにある?」

「は?」

いきなりの問いに美弥は言葉を失った。

長い睫毛《まつげ》を瞬かせて、小首をかしげて頓狂なことを問う若瀬の顔をあらためて見つめる。

(何を考えているのだ、この若殿は)

「美弥姫はそれでよいのか、ということですよ。美弥姫が望まれるなら、佐川家と藤田家の婚姻はご破算にするよう、ご落胤の件が収まったのちに助力致しますが」

「ご破算、か」

美弥は目元をかすめる長めの前髪をかき上げた。

破談にできたとして、その後は？

恋はしたい、と思った。

若瀬ではない、もう一人のことが気にかかって仕方がないのは事実。

もっと顔を見たい、言葉を交わしたい。知りたい、知ってほしい。

今だって、若瀬ではなくその人がついてきてくれたらどんなに心が弾んだことだろうと思う。

でも、と生真面目な美弥は思う。

大名家の姫たる自分。

律は藩主の幼馴染。

結ばれることなどありえないし、だからといって若瀬との婚姻を忌避しても次の縁談が準備されるだけ。

しょせん、自分は籠《かご》の鳥。人よりは大きな、広い籠《かご》かもしれない。その中でちょっとした自由を、自由に似たものを享受しているだけ。

破談にして顔も知らぬ誰かに縁づかされるよりは。

「ご破算は……望まぬ。望んでも、来るべきものをほんのわずかの間遠ざけるだけのこと。そうは思われぬか、若瀬殿？」

きっぱりとして爽快な姫君が、まるで自分に言い聞かせるように紡ぐ言葉はいっそ痛ましいほどで、庇護欲がそそられると言ってもよいくらいであったが。

若瀬はたいへん不機嫌であった。

なけなしの矜持《きょうじ》をどこからか引っ張り出して、半笑いのような日常の曖昧な顔を取り繕ってはいるが。

触れている美弥にはその腕を解かれるでもなくそれ以上身を寄せられることもなく。

ようはまったく一人の男子として意識されていないということだ。

この程度のことで、その事実を容赦なく認識させられる。

(わかってはいても、少々こたえるな)

美弥よりも半歩先を歩いていた若瀬は、共に話をするこの時間を少しでも延ばしたくて、離れがたくて、いつしか帰路を逸れてこの界隈に無数と言えるほどにある小さな寺の境内へ入り込んだ。

一行寺。後になって気づくのだが、三日後に祐筆《ゆうひつ》と会う約束をした霊心寺の三軒おいて隣の寺である。

あたりは薄暗くなりつつあって、商いの店は戸締まりを始め、入れ違いに軒先《のきさき》や辻のそこかしこに蕎麦や天ぷら、鮨の屋台が出始め、客を迎える準備に余念がない。

若瀬を格別に好ましいと思っていたのではないにせよ、少なくとも嫌悪しているわけではないし、何より美弥は屋敷という名の籠《かご》へ戻るまでの時間を少しでも引き延ばしたかったのだろう。

遠回りになるな、と思いながらも素直に腕を取られたまま、境内をゆっくりと奥へ進むうちに。

美弥の目がすうっと細められた。

一瞬遅れて、若瀬も。

(――しまった、若瀬殿)

(尾《つ》けられましたか)

気配に鋭い美弥も、さすがに初めての恋の自覚だの、本人を前にして許婚《いいなずけ》云々だのに注意を奪われて気づかなかったらしい。

夕闇迫る寺の境内で。

美弥と若瀬が無言で頷《うなず》き合った頃。暗がりの中、鯉口を切るかすかな音がした。

黄昏時《たそがれどき》。

──互いの顔も輪郭も、薄れ紛れて誰が誰やら見分けがつかぬとき。「誰《た》そ彼」時。

美弥はそんな薄暗がりにあってもそれと目立つ白皙から表情を消した。

全身の感覚を研ぎ澄ませ、そっと愛刀に手をかける。

(律殿の言われた──刺客の生き残り。それがさらに増えたか)

背後から近づく気配。半ば離れ、半ば接近してこちらに狙いを定めている。
二、三。……四、五、少し離れて、六。

──気配は、六人。


美弥のことは、たまたま、であろう。若瀬と一緒にいたから。

若瀬ひとりにこの人数を向かわせるとは。

(今度こそ、仕留めるつもりで来たか)

美弥は若瀬の横顔をそろりと見上げた。彼は今もなおそっと美弥の腕に触れている。

横顔を見る限り、穏やかな顔つきに変化はない。奴らに気づいていると知れぬようにするつもりか。それとも、美弥を案じてのことか。

が、美弥は気づいた。

若瀬の指から伝わる熱をさきほどまでより強く感じる。

冷静に、緊張している。

気づいていて、平静を装っている。ではあとはきっかけひとつ。

(きっかけを作ってこちらから行くか)

たぶん、素知らぬ体を装う若瀬も同様に考えているだろう。


——境内の外では水売り、屋台の呼び込みののどかな声が聞こえているというのに、このあたりだけ立ち込める鬼気。

美弥の懐の中の玉も尋常ならざる空気を察しているのか。軽く爪を立て、美弥の胸に巻かれた晒《さらし》にしがみついている。

そのぬくもりを確かに感じつつ、戦い、勝利して、若瀬と律を陥れる者どもを排除してくれようと美弥は思う。


——さらに、鬼気が濃くなる。

（そろそろ、か）

美弥は、すい、と跪《ひざまず》いた。

草履《ぞうり》の鼻緒でも切れたかのような、ごく自然な仕草。

「どうされた？　鼻緒でも――」

ことさらにゆったりと若瀬が言いかけた。そのとき。

光る白刃。

曲者が無言で振り下ろしたそれが一瞬早かったか、と見えて。

「ぐ、ああああ！」

濁った呻きと共にからりと刀が落ちる。

それを掴んだままの、手首も。

若瀬が自身の刀を抜き払うと同時に身を翻し、斬り落としたのだ。

「くそ、貴様……っ」

わらわらと曲者が姿を現した。

足音も、息すらも潜めていた者どもが転がる手首を蹴散らしながら一気に躍りかかる。

しゃがみ込んでいたと見せて、美弥が大きく飛んだ。

「こいつ！　……わああ！」

袈裟懸《けさが》けに斬り下ろされ、どしんと音をたてて仰向けに倒れた。

返り血を避けて右へ二、三歩下がり、曲者に刃を構え直す暇も与えず、美弥は無言で飛び掛かって真一文字に薙ぎ払う。

剣戟の音に続き、やがて刃が肉を断ち切る音が耳をつく。血の匂いが立ち込める。

いつしか若瀬と美弥は背中合わせとなっていた。

息も乱さず互いを見やり、軽く頷《うなず》く。若瀬も美弥も既に二人ずつ、斃《たお》している。申し合わせたようにいずれも絶命させずに戦闘不能としたのだ。ここは初めに若瀬たちが狙われたような山中ではない。死体の山を築いては厄介だ。

「……あの邪魔な幼馴染とやらがおらぬゆえ好機と思えば」

悠然と、どこか皮肉げにこの光景を楽しむように、男は言った。

刀を抜いてはいるが、だらりとその腕は下ろされていて、素人が目にすれば緊張感がないように見える。

だがそれはもちろん見せかけだけのこと。

構えを見せようとすらしないのは、不遜な自信の表れだ。

（あいつだ。……兵衛を斬ったのは）

山中での死闘。

老いたりと言えど速水師匠と肩を並べたほどの剣士を斃し、あの律が取り逃がした男。

若瀬は唇を噛みしめた。

「こちらの美少年はどなたかな。……ずいぶんとまあ生きのよい。食らえばさぞかしうまそうな……」

くくく、と含み笑いをする残る一人は美弥と対峙している。

こちらは油断なく刀を構えたままだが、その昏《くら》く光る眼で美弥を凝視している。一目で腕が立つと知れる男ではあるが、美弥は生理的な嫌悪感に柳眉をひそめた。

「嫌がるその顔も美しい。――参るぞ」

びゅっ、と刃先が唸りを上げた。

間一髪、避けた美弥の長い黒髪が幾筋か、切られてはらはらと宙を舞う。

（こやつは、強い）

免許皆伝とはいえ、美弥は実戦は初めてだ。

初めて、冷たい汗が背中を流れるのを感じた。

落ち着け、落ち着こう、とみずからに言い聞かせた。

あえて薄目にして眼前の敵だけに集中する。

今は若瀬のことも、若瀬に向かう恐ろしく腕が立つであろう男のことも思考の外に追いやった。

まだごく若い少年剣士なのに、表情を変えない。むしろ、表情を消し去ったまま。

本気でかからねばならぬ相手だ、と男は緊張を解かぬまま、下卑た笑みを浮かべて構え直す。

「顔は惜しい。髪は長すぎだ。邪魔ではないか？　……切ってやろう」

凶刃が閃《ひらめ》いた。

突き出され、払いのける。速い。無駄がない。一撃、二撃、さらにもっと。

続けざまに繰り出される刃を、美弥は最小限の動きで躱し続ける。

たまに深く踏み込まれれば美弥も刃先を交えるが、決して組まず、黙したまま斬撃をいなして相手の隙を窺う。

「組まぬか、このっ……！」

苛立ったように男は言った。

腕は立つのだろうが、見るからに華奢な美弥を侮ったか、大きな振り、踏み込みを続ければ、当然先に疲労がくる。

がっしりと胸板も厚い。力自慢でもあるのだろう。組んで力で押し込みたいのだろうが、無論、美弥はその手に乗るつもりはない。正面から刃を受ければ折られてしまう。静かな呼吸、必要最低限の動き。どれほど長時間戦っても先に疲労しないようにせよと、速水師匠はともすれば技を試したがり、攻めに出て切り伏せたりしようとする負けん気の強い美弥に教え込んだのだ。

「卑怯者め！」

吐き捨てざま、男はいきなり左手で小柄を投げつけた。

「⁉　く……」

チャリンと、とっさに刀で受けて払ったその、半瞬の隙に。

大きく懐深くまで踏み込まれ、伸ばした腕でぐいと袖が引かれた。

身を翻して距離をとる美弥の片袖が破れ、衿の合わせ目が乱れて美しい白い肌が男の目にさらされる。

そして、晒《さらし》を巻いてもなおその豊かさを想像させる、盛り上がった胸。

片袖を犠牲にしてあえて拘束を阻止した美弥は、顔色ひとつ変えなかった。

むしろ男のほうが千切れた袖を掴んだまま、息をのんで動きを止める。

「おんな、か……っ⁉」

絶句したのもつかの間、すぐにそのどす黒い視線に情欲を滲ませて美弥を凝視する。

分厚い唇がめくれ上がり、舌なめずりをした。

「ますます、欲しゅう……わ、うわあああ！」

最後まで言い終えることはできなかった。

真っ黒い影が宙を飛び、男の顔に覆い被さった。

絶叫した男は無様に尻もちをつく。

「なんだ⁉　わあああ、いたいいたい、やめろ‼」

「玉⁉」

黒い影は、玉であった。

主の胸元、晒《さらし》にしがみついていたが、袖が取られたとたんに肩へ駆け上がり、そこから大きく飛んで男の顔面に飛びついたのだ。

「なんだこれは、なにが、くそ！　痛い、はなせ！」

「ぎゃっ」

小さく鳴いて放り捨てられた玉は、それでも地面に叩きつけられることなく、しなやかに転がり、跳ね起きて、すばしこく傍らの石灯籠《いしどうろう》の上に飛び上がる。

「玉、離れておいで」

言われずとも、とばかりに、玉は石灯籠のてっぺん、苔の上で前足を揃えた。

男の顔は引っかき傷だらけで血まみれだ。

ちょうど瞼の上が深く傷ついたのか、流血で目が染みるらしく盛んに瞬きを繰り返し、それでも憎々しげに美弥を見上げている。

あっぱれなことに、まだ刀を取り落してはいない。

男はよろよろと立ち上がろうとしたが。

「くそ、このあま……っがあああああ！」

「うるさいぞ、黙っておれ」

美弥は落ち着き払って男を突き飛ばし、再び尻もちをつかせると、地べたについた男の手首を容赦なく踏み折った。

眼を白黒させて悶絶する男を蹴り転がし、美弥は小さく息を吐きながら衿を整えた。

「手間取ったわ。さて……若瀬殿⁉」

助太刀をしようと、振り返った美弥の目に飛び込んできた光景。

全身に傷を負い、立木の根元へ追い詰められた若瀬は、まさに絶体絶命であった。

若瀬が持ちこたえていたのは、奇跡と言ってもよかった。

若瀬自身悟っていた通り、それなりに一流の剣士であれば互いの技量は戦わずしてわかるもの。

若瀬を狙う男は尋常ではない。

それくらい、本来なら戦いの帰趨《きすう》は火を見るよりも明らかだったのだが。

若瀬同様、それ以上に互いの技量を正確に測った男は、茫洋とした品のよい白い顔に汗を滲ませる若瀬に嗜虐心を抱いたのだ。

剣を修め、極めたというのにあちこちを流れ歩き、汚れ仕事を請け負う自分。

山中で見た、正当でけれん味のない豪剣を振るう律。おそらく手を血に染めたこともないであろう生白い若瀬。

互いを庇い、多勢に無勢であるというのに一歩も引くことなく戦い続けるひたむきさ。

自分がとうの昔に忘れ果てたものを、律と若瀬、二人の若者は持っていた。

律は我よりも強いかもしれぬと思ったが、幸い今ここにはいない。それよりも、標的の片割れがなにやら華奢な元服前の少年と親しげに歩いているではないか。

急いで仲間を呼び集め、どこへ誘い出そうかと考えていたら、おあつらえ向きに二人は人気のない小さな寺へと入っていった。

若瀬はやはりそれなりに強く、そしてまた人質にでもしようかと踏んでいた少年剣士は意外にももっと強くて、あっという間に手勢が減ってしまったが、男は負ける気はしなかった。

しだいに防戦一方となる若瀬を嬲《なぶ》り、いたぶるように斬りつけ、無数の浅手を負わせて流れる血の色の鮮やかさに、静かにみずからの興奮を高めてゆく。

「――そろそろ終わりかのう？」

遊ぶのにも飽いたとばかりに距離を詰め、若瀬の必死の目に絶望の色が兆しはせぬかと、歪んだ愉悦に頬を緩めたとき。

「⁉　はっ……」

男は背後に近づいた気配に振り向きざまの一太刀を浴びせた。

美弥でなければ横一文字に切り捨てられていただろう。それほどのそら恐ろしい一撃。

躱した美弥は内心の恐怖を押し隠し、表情を変えず一分の隙も見せずに身構える。

「ふん、女子《おなご》の身で。……大した腕前だ」

余裕を見せながらも、男はみずからが遊びすぎたことを悟った。

本堂の奥から、板の間を踏みしめる複数の足音が近づいてくる。

女は無傷だ。また、若瀬とは比べ物にならぬほど手練《てだ》れらしい。自分のほうが上手であると確信してはいるが、それでもこれからまた真剣勝負をする時間はなさそうだ、と男は判断した。

機を逸した。主は叱責するだろうが、まだ機会はある。

どのみち、この獲物は生きてさえおれば江戸屋敷へやってくるであろうから。

「また、見えるであろうよ。……では」

男は刀を鞘に落とし込むと、一切の興味を失ったかのようにあっさりと踵《きびす》を返した。

血まみれの若瀬を、美しい黒い瞳に闘志と悔しさを滲ませて立ち尽くす美弥を、一顧だにせず去ってゆく。

顔、わき腹、腕、腹。あちこちを押さえて呻く男どもも、ただ一人無傷の男に「死にたくなくばついてこい」と言われ、力を振り絞るようにして立ち上がり、後を追う。

偉そうに、と美弥は内心舌打ちをするが、男の実力は明白だ。帰る気になったのなら今は止めるべきではない。

美弥は血刀を袴《はかま》で拭い、鞘へ収めると、若瀬を助け起こすべく駆け寄った。

賊が去ったのと入れ違いのように、境内の騒ぎにようやく気づいた寺の住職と小坊主が現れた。

血しぶきの痕も生々しい境内と、石灯籠の上の風情ある苔に猫の足跡がくっきりと刻まれているのを見て、二人は腰を抜かして驚いたが、「内々のお役目にて」とひとたび事情を聞かされれば、少なくとも住職はさすが年の功、すっかり腹を据えて甲斐甲斐しく美弥を手伝った。

布施と称して美弥が握らせた小判の力は絶大であったろうが頼もしいことである。

「くれぐれも他言無用に」と念押しをされて深々と頷《うなず》き、往来で屋台の準備をしていた蕎麦屋と鮨屋を呼び込んで（抜け目のない美弥は彼らにもたっぷりとこころづけを弾んだ）、彼らに手伝わせて速水道場へ若瀬を運び込ませた。

医者だ薬師だと手伝いついでに彼らは大騒ぎをしたが、出血のわりに浅手であると見て取った速水師匠が礼を述べつつ「我らで事足りるゆえお引き取りを」と宥めて帰らせたのが小半刻ほど前。

若瀬は速水道場で与えられた一室に横たえられた。

今は、師匠自家製の煎じ薬と怪しげな丸薬を飲まされ、眠っている。

剣豪であり、道場を持つ速水は怪我とは切っても切れぬ間柄の半生であったために、骨折切り傷打ち身などなど、ひと通りの手当てはなまじの医者よりも手慣れているのだ。

頬に一つ、体中に十あまり。血まみれではあるが浅手であったことが救いだ。よほど「遊ばれ」たのか、なんとかこの程度で逃れた若瀬の奮闘を称えるべきか。微妙なところではあるが、命に別状がなかったのは何よりとするべきであろう。

律はようやく寝入った若瀬の顔を黙然と見下ろしていたが、ふと顔を上げると密やかに部屋を出た。

静まり返った廊下の向こうに、人の気配。

師匠の道場兼居宅は、こぢんまりとしているがなかなかに金をかけた設《しつら》えになっている。

「この年になると食と風呂が何よりの楽しみで」などと平時は軽口をたたく速水のその居宅には、一人暮らしには珍しい広い炊事場と、小さいが洗い場のある風呂場がある。

やがて、洗い髪を拭いながら美弥が現れた。

濡れた長い黒髪。手ぬぐいで水気をとろうと少し傾けたうなじの細さ、白さ。

替えの小袖と藍色の袴《はかま》をきっちりと身に着けているが、ある意味、禁欲的な着衣と肌の白さ、濡れ髪の対比がはっとするほど艶めかしい。

思わず生唾を飲み込んで見惚れていると、美弥は首をかしげたまま、目線だけを律に向けた。

これがまた美弥は意図せぬことだが壮絶なまでに艶麗な流し目で、律は比喩ではなく眩暈《めまい》を覚えて漆喰壁にもたれかかった。

(いかん、この、自覚のない色気の塊は……)

「――律殿か」

美弥はふわりと微笑んだ。

笑うと生来の性質が出るのか。媚も屈託もない、あどけないと言ってもよい笑み。それがまた律の懊悩をかきたてる。

（可愛らしい上に色気までとは！　……だめだ、俺は、いったい何を考えて）

俺はもう二度とまともに美弥姫を見ることができないのではないか、と恐怖すら覚えるほどだ。

真剣な顔、笑顔、ふとした拍子に浮かべる切なげな顔。

もともと絶世の美少年、と思っていて、女しか抱いたことのない律ですら、新しい扉を開く可能性を覚悟していたほどだが、幸か不幸か美少年は美少女であった。あとわずかで「絶世の美女」となる、今まさに咲き初《そ》めんとする牡丹《ぼたん》のような。

律は目を閉じて天を仰いだ。

美弥は律の内心の葛藤など思いもよらぬに違いない。

にこにこと嬉しげに律の傍らへ寄ってきた。

（くそ、寄るな、いや……寄ってくれるな）

優れた剣士は五感全てが常人よりも発達しているが、律も当然その例に漏れず優れた嗅覚を持っている。

湯上がりの女の媚香にやられ、律は声もなく悶絶した。

「お言葉に甘え、先に湯を使わせて頂いた。律殿は？」

「俺は、後で」

かろうじて返事をした。

「そうか？　ちょうどよい湯加減であったが。……女子《おなご》の後は嫌であろうか。入れ直すか？」

「いや、そういうわけでは。……美弥姫、俺にかまわないで頂きたい」

煩悩を振り払うべく発した声は思いのほか強いもので、美弥は笑みを消してうなだれた。

「いらぬ世話であったか。すまぬ、律殿」

「いや、美弥姫、いらぬ世話ではなくて、その、なんだ」

律、大混乱である。

大柄で見目よく、学問も手を抜かなかったから秀才の若瀬と競ってきたし、剣は椿前《つばきまえ》藩一と呼ばれる腕前。放っておいても女が寄ってくるので、聖人君子を気取るつもりもなく、楽しくやってきたが。

律は恋愛童貞であった。

これはまずいと、うちしおれた花のような美弥に、深々と頭を下げる。

「美弥姫、こちらこそ無礼な物言い、ご容赦を願いたい」

「今さらそのような」

美弥は首を振った。

「律殿、頭を上げられよ。佐川の藩邸を一歩出れば、わたしはただの美弥。この件が首尾よう収まるまでは、そのようにお考え頂きたい」

「しかしそれでは」

「頼む、律殿」

美弥は律の大きな手をそっと持ち上げると、両手で包み込むようにした。

剣を振るう美弥の手は女の手としては少々硬かったが、それでも男とはまるで異なる小ささ、華奢さに律はどうにかなりそうになった。

「うう……」

今度こそ声に出して呻いた。

それをどのようにとらえたか。

美弥はとどめを刺した。

「どうか、お願いします。……律様」

「!?」

しっとりとした低めの美声、初めて聞く女言葉。

怖いもの見たさに目を開けてみれば、美弥の小さな白い顔があった。潤んだ瞳、桜貝のような唇。

「美弥……っ！」

律は握られた手を振りほどき、後先も考えずに美弥を抱きしめた。

清潔な、糊の利いた衿の匂い。美弥のうなじから、髪の生え際から、仄《ほの》かに香る媚香。顔を見ていると唇を重ねたくなる。いや、全てを奪ってしまいたくなる。

だから律は、せめてもと美弥のかぐわしいうなじにむしゃぶりついた。

昂《たかぶ》る雄の本能を霧散させるべく、もう一度固く目を閉じて、美弥のなめらかな首筋に唇を押し当てる。

「りつ、さま」

美弥はほんの一瞬、全身を強張らせたが、抗おうとはしなかった。

長い、黒い睫毛《まつげ》を伏せて目を閉じると、それでも生真面目に「わかせ、さまが」と言う。

「知るか」

律は乱暴に言い捨てて、美弥を抱きしめる腕に力を込めた。

「案ずるな、美弥。美弥……姫。今は、あいつの名など呼んでくれるな」

「……はい、りつさま」

事が成れば若瀬は藩主となるのに。そして自分はおそらくこのまま椿前藩《つばきまえ》へ嫁がされるだろうに。案ずるなと言われても、と、美弥は内心冷静に苦笑しつつ、今はうっとりと初恋の人の腕の温かさに身を委ねた。

＊＊＊

鬼みたいな顔をした男が姫様と果し合いをしていて、あろうことか片袖を引っ張るなんていう野蛮なことをするものだから、あたしは腹がたって飛び掛かってばりばりしてやった。

ぎゃーぎゃー騒いでいい気味だったけれど、脂ぎった男の顔はあまり気持ちのいいものではなくて、あの後あたしは姫様と一緒に湯殿を使ってさっぱりした。

本当は、あたしもたいていの猫と同様、濡れるのはそんなに好きではないけれど、「射干玉《ぬばたま》の玉」はきれいにしなくちゃいけないの。

そしてその日の夜も更けて。

あたしは姫様の隣のお座布団の上で毛づくろい中。

少し前に、姫様と一緒にお迎えの駕籠に乗ってお屋敷に帰ってきた。

もちろん、お迎えが来るまでには速水師匠と姫様の大騒ぎがあった。

若瀬って人は血だらけだし、姫様は片袖千切れているし、親切でお節介な蕎麦屋や鮨屋の主人を帰した後、師匠は心配のあまり怒るは泣くはで大変だったのだ。

速水師匠は、椿前藩《つばきまえ》のことにはもう姫様は関わるべきではないと言い張った。

お父上に、殿にご報告申し上げると息まいて、三日後、祐筆《ゆうひつ》の何とかという人と会うのも、日野戸屋と一緒に五日後に出かけるのも言語道断と騒いでいたけれど、姫様が涙を浮かべて何度も頭を下げて「父上に報告するのは堪忍してほしい、よくよく自重する」と頼み込んだら、とうとう師匠も折れたみたい。

めったに使わないけれど、姫様の涙は最強なのをあたしは知っている。

新陰流とかいう流派の大家で、それはそれは厳しい美弥姫の師匠とはいえ、稽古を離れると顔だけが怖い、孫に甘い祖父、という感じだから、姫様に泣かれたら降参するしかない。

最後には、「姫様にもしものことあらば自分は腹を切る」と言い、姫様が「師匠には穏やかな余生を過ごして頂けるよう願っている」と、なんだか人を食ったような返事をしたところで、湯殿の仕度ができたと声がかかって話はおしまいになった。律って人が頑張って沸かしてくれたのだ。

五ツ半頃に迎えに来るよう、屋敷へ使いを出しました、と師匠に言われて、姫様はおとなしく頷《うなず》いていた。お迎えは邪魔だと言うかと思ったのに。

姫様はあたしと一緒に湯殿に入ってきれいに洗ってくれた。前足もすごくさっぱりして、脱衣籠の中に入ってくつろいでいたら、律って人と姫様の話し声が聞こえてきた。何を話していたんだろう。気が付けば籠の中でうとうとしてしまって詳しいことは何もわからないけれど、あたしを連れにきた姫様は頬が薄紅色になっていて、いつもよりもさらにきれいでびっくりしてしまった。思わずにゃーにゃー鳴き騒いだら「玉、静かに」と叱られてしまった。不覚。

＊＊＊

夜も更けて鵺森藩の江戸屋敷、奥向きへ戻ったが、夜歩きと戻りが遅いこと、それ自体はさして珍しいことではない。

しかし、その日は気分が悪いと仮病を使って侍女を身代わりに置いていた日であったから、その点について言い訳はできず、美弥は珍しく母から叱責を受けた。

いわく、「嘘をつくならうまくやれ」と。

大名家の正室が娘を叱責するのにふさわしい言葉かどうかは甚だ疑問であるが。

部屋でおとなしくするよう言われた美弥は、言われずとも、と言わんばかりに速やかに自室へ下がり、玉を撫でたり空を見つめたりしながらぼんやりとしている。

——と、静かな足音が近づいてきて、襖の向こうに人の気配が立った。

「美弥、ちょっとよいか」

「……兄上」

美弥は珍しく覇気のない声で応じた。

「どうした、美弥」

二番目の兄、重政《しげまさ》は涼しげな切れ長の目を瞠《みは》って妹を見下ろした。

勧められるままにどかりと腰を下ろし、ついでに隣の玉を一撫でしてもう一度つくづくと妹に視線を走らせる。

「母上に叱られて珍しく気落ちしておると聞いたが。……気落ちどころか、お前、身内の葬式でももうちっとましな顔だろうよ」

「兄上、趣味の悪い冗談だ」

元気はないが美弥は生真面目に反論した。

「それより、兄上こそ、お珍しい。どうなされた」

「ああ。ちと気になることがあって。……父上も宣秀《のぶひで》兄上もまだお前の耳には入れる気はないようだが、俺は知らせておいたほうがいいと思ってな。お前に関することなのだし。いずれは話すことであろうし」

「わたしの？」

美弥は気だるげに言って、それでも脇息《きょうそく》にもたれていた体を少し起こした。

「無論、聞きたい。兄上、どのようなお話で？」

「うむ。……お前、椿前藩《つばきまえ》の許婚《いいなずけ》殿が急死なされたこと、知らぬであろう？」

「……和春さま、であったか。いや、お亡くなりとは……」

当然美弥は知っていたが、そこは注意深く言葉を濁す。

それをどのようにとったのか。

「気を落とすでないぞ、美弥。和春殿はお気の毒だが、まあ美弥にとってはもともと顔も知らぬ相手であろう。父上は美弥がかまわぬならこのまま次の跡取りへとお考えのようだ。椿前藩《つばきまえ》は佐川家同様、譜代も譜代、石高もほぼ同じく三十五万石のご大身。美弥がその正室となるのは悪うはない」

「……さようで」

「ただな、美弥。兄上も父上もお家第一、それは当然だが、俺は美弥の気持ちも聞いてはどうかと申し上げたのだ。この機会に、もしやとは思うが意中の相手などおるなら聞いてやっては、と」

「兄上」

鵺森《ぬえもり》藩、勘定方の俊秀。算術の達人、数字と結婚するのであろう。

そう揶揄される重政《しげまさ》であったが、妹思いの優しい兄でもあるのだ。

話がいきなり核心に迫り、美弥は背筋を伸ばした。

＊＊＊

椿前《つばきまえ》藩、江戸藩邸内、そのはずれにある奥棟。

藩主、藤田令以は病重篤とされ、嫡男、和春は急死。

江戸家老、林惟信の強力な後押しを得て、目下、次代藩主の最有力候補とされる藤田和秋は、奥座敷に運び込まれた山積みの品々を見ながらため息をついた。

政略で娶らされる女のために、椿前《つばきまえ》藩の体面程度に迎え支度をするつもりだったのに、気が付けばあれもこれもそれも、手当たり次第に買ってしまっていた。とうとう日野戸屋も手持ちの品がなくなって、引き止める理由がないため帰らせることになったのだ。酌をさせ、夕餉に侍らせようかとまで思ったが（実際口に出したが）、さすがにお目付け役に強くたしなめられて諦めた。

しかし、櫛を贈り、次の約束をとりつけたのは我ながら頑張ったと思う。

（美しい。……絵草紙から抜け出したかと思うほど美しい女子《おなご》であった）

和秋はぼんやりと思い出す。

白い、人形のように整った顔。なめらかで心地よい美しい声。日野戸屋に引き取られたみなしごであることを気にしてか、とにかく控えめで好ましい。それでも、ものを言えば考えながら品よくゆっくりと言葉を紡ぎ、養い親たる日野戸屋の商売を手伝おうというのだろう、訥々と不慣れな様子でも己のよいと思う品を勧めようとする。

けっして押し売りをしようとはしない生真面目なところも可愛らしくて、結局勧められたものどころかあるだけ全部買い取ってしまった。次も必ず日野戸屋と共に参るよう念押ししたが、どれほどの品々をまた持ってくるかわからないが、あの娘に勧められたらなんでも買ってしまう自信がある。

（みつ、と申したか。……買ってやった櫛を挿してくれるであろうか）

もっといろいろ買ってやりたかったのだが、ほとんど「輿入れしてくる姫のため」という名目で買い上げてしまって商品がなくなったので、無難なべっこうを贈ったのだ。

和秋はうっとりと笑みを浮かべた。

目の前に、螺鈿の文箱がある。この間、日野戸屋から買い上げたものだ。

大名家の姫など何を贈っても有難がりもしなかろう。だいたい、武家の女は物堅くてうっとおしい。

これだって買ったはよいがどうせ似たような嫁入り道具を運んでくるはず。

(そうだ、これはあの娘にやることにしよう)

和秋の脳裏には、素晴らしい贈り物をもらって困り顔になりつつも頬を上気させて礼を言う娘の顔が浮かんでいる。

(今度は珊瑚《さんご》玉のかんざしでも買ってやろう。年頃の娘、うつくしいものが嫌いなはずはない。みつの欲しそうなものはなんでも……)

「――和秋様」

(あのようなうつくしい、可愛らしい女子《おなご》は戯れではなく側に置くことにしようか。そもそも日野戸屋の娘なればもとはみなしごであっても豪商の娘。身分の不足などない。肩の凝る大名家の姫は正室として飾っておいて、みつを適当な武家の養女とし、側女《そばめ》と

して召し上げれば）

「和秋様、物思いをされておられるところ恐縮ですが」

わざとらしい咳払いののち、いらいらと機嫌の悪い声が和秋の楽しい妄想をぶち壊した。

やせぎすで鋭い目付きの、有能そうな男。藩主をしのぐとさえ言われる実力者。

江戸家老、林惟信である。

「どうした、林」

「どうしたではございませぬ、和秋様。この間の山中の生き残りに指揮をとらせ、江戸市中に放っておりましたところ、若瀬を見つけたようですぞ」

「なんだと」

和秋は暗い目を光らせた。

煌びやかな奥座敷に背を向け、意外にも簡素な自室へ林を誘う。

上座に腰を下ろし、尊大に林を見下ろした。

「……ということは、林。死んだだろうと家臣どもには言うておったが、律も」

「律は発見に至らぬとのことですが、まあ、若瀬のみが生き延びるはずもない。律も生きておりましょう」

「くそ、あやつら、しぶとい」

和秋は神経質そうにこめかみをひくつかせ、爪を噛んだ。

そのさまを、腹の読めぬ目で林は観察しつつ、声音と仕草は丁重に報告を続ける。

「さらにさらに。律と離れて往来を歩いておった若瀬を六名で狙いましたところ、山中の生き残り以外は全て深手を負いました」

「なんと」

「小柄な、一見して元服前の美少年の連れがおったそうですが、それがめっぽう強く……」

「身元は」

「ただ今調べさせておりまするがわかりませぬ。町の者はよく見かけるそうですが、その実とんとどこの誰やらわからず、と」

「ふん。……まあ、そのような者の詮索はよいわ」

和秋は傍らの煙草盆を引き寄せるとやがて愛用の銀煙管《きせる》を吸い始めた。

うまそうに煙をくゆらす男に、林はあからさまに眉をひそめるようにして、

「洒落者気取りの町人、旗本ではないのですぞ、和秋様。もうすぐ椿前藩《つばきまえ》三十五万石を継がれる身。もすこしお気を引き締められたがようございましょう」

「ふん、降って湧いたような家督話。俺はお前の策には乗ってやったがな、今さらやっとうに身を入れる気もないわ」

「和秋様！」

これには日頃落ち着き払った林も血相を変えた。

和秋は確かに武士とも思えぬ自堕落な様子で煙管《きせる》を使い、謹厳な林をわざと煽るようにぷかりと煙を吐いてみせる。

「そうそう、ときに林よ」

胡坐《あぐら》をかき、豪華な蒔絵《まきえ》をあしらった脇息《きょうそく》に肘をついて、

「俺はな、気に入った女子《おなご》を見つけた。側女《そばめ》にするゆえそのつもりでおれ」

「なんと、……なんとそのような……」

林はすぐには二の句が継げぬ様子である。

いつのまに見初めたのであろう。この多忙極まりない折に。

流れる冷や汗を懐紙で押さえる林を、和秋は嘲りとも憐憫ともつかぬ奇妙な表情で眺め、

「さほど驚くことでもあるまい。何も将軍様のように大奥を作れと言っておるのではない。約定の通り、佐川の姫は娶る。身辺の脆弱な俺の後ろ盾にもなる。そうであろう？」

「それは、さようでござりますが、しかし」

「側女《そばめ》の一人くらい、よいではないか」

「それは構いませぬが、しかし何も今。……それに、さすがに正室となられる姫よりも先に側女《そばめ》などおりましては、佐川家が」

「珍しい話でもあるまい」

とん！　と煙管《きせる》で煙草盆を叩き、灰を落としながら和秋はしゃあしゃあと続けた。

相手の気持ちは全く考慮していない。見目は悪くない、三十五万石の跡取り。断られるはずはない、どころか、そのような可能性は和秋の頭には微塵もなかった。

「俺はな、林。……いや、父上」

「和秋様っ」

冷静沈着と評される林惟信の顔がみるみるどす黒く染まり、目が転がり出そうに見開かれた。歌舞伎役者が大見得を切るかのように、体ごと上座の和秋に向き直り、ぐるりと目の玉を回すようにして睨み据える。

「和秋様、めったなことを言われるものではない。戯言《ざれごと》としてもありえぬものですぞ」

「わかった、林。……ただ、俺はな」

和秋は煙管《きせる》を咥《くわ》えたまま、遠くを見透かすように目を細めた。

「気位ばかり高い、武家の女は嫌いだ。世間知らずのくせに思い込みばかり激しくて。奥向きなどにおると下らんことばかり考えて下らんことをする。小人閑居《しょうじんかんきょ》して、というがまさにそのとおりだな。生きている間中、毒を吐いて毒を垂れ流して……みずからはその毒に当てられて死に、毒を飲んで育った忌み子の俺は……さしずめ妄執の仇花《あだばな》、といったところか」

ふふ、とちっとも面白くもなさそうに和秋は含み笑いを添えた。

意外にも、と言っては何だが、いつもの軽薄さは影を潜め、自嘲気味で、厭世的な――和秋らしからぬ物言い。

「和秋様、そのように、おんみずからと母御を悪く仰せられるものでは」

「事実だ、林。ま、お前にしてみればただ一人と愛した女、悪く言われたくはなかろうよ」

「和秋様！」

悲鳴にも似た、林の声。

激情に腰を浮かせ、しかしまた我に返り唇を震わせる男。

そのまま、今度こそ言葉を失ってうなだれる林の肩を、和秋は煙管《きせる》の柄《つか》でとんとんと叩いた。いつもの、曖昧で腹を悟らせぬ笑みをまったりと浮かべながら。

「ちと言いとうなっただけだ、林、許せ。己の役割はわかっておるわ。家督を手に入れ、佐川の姫を娶る。当面はこの二つであろう？　それに、側女《そばめ》を迎えるという俺個人の欲が加わっただけだ。俺は優れた父の血を引いておるゆえ、うまくやるさ。なあ？」

＊＊＊

（わたしは、迂闊だったのであろうか）

美弥は和秋に手を握られながら、大真面目に考えた。

武芸に励む美弥の手は、よく手入れされているとはいえ絶対にそのへんの娘たちよりも手触りがよくないであろうに、「そなたは手までもが愛らしいな、白魚の手とはまさにこのこと」と言う和秋は絶対におかしい。贔屓《ひいき》の引き倒し。こんな硬い白魚がいてたまるかと美弥は思う。

本来なら今日は、霊心寺の境内で、若瀬と律を椿前《つばきまえ》藩の祐筆《ゆうひつ》、山根鹿之助に引き合わせ、感動のご対面を見物しつつ、当然美弥も加わって今後の策を練るはずだった。

昼からは霊心寺！　と朝から張り切って予定を立てていたら、昼餉の前に日野戸屋の使いと言う小者が現れて、「急に予定が変わってしまったから今すぐ娘姿で日野戸屋へお越し頂けませぬか」と平蜘蛛のように這いつくばって願うのだ。

和秋に呼ばれていたのは、本来ならさらに二日後。いくら佐川家ご贔屓《ひいき》の日野戸屋の頼みとはいえ、本来なら前触れもない小者の使いひとつで動く美弥ではないのだが、聞けば「みつを連れてすぐに参るように。主が無理ならみつだけでもよい」という和秋の使者とやらが日野戸屋の奥座敷で居座って帰ろうとしないのだと。

用足しに出ている、今日は戻りがいつになるやらと言っても「娘御が戻るまで待とう」と出された茶を悠々と飲み続けていてどうにもならない、助けてほしい、とのことにて、美弥はもともと自分のわがままの招いた結果であったから二つ返事で了承し、町娘姿で日野戸屋へおもむいて、いかにもお使いから帰りました、という風情で「ただいま戻りました」などと芝居を打ったその後のこと。

上機嫌の使者と共に、しとやかそうに目を伏せるおとなしい「みつ」こと美弥と、もしや自分はとんでもないことに巻き込まれつつあるのでは、と震える日野戸屋嘉兵衛が差し向けられた駕籠で和秋の前に参上仕ったのだが。

退屈している、昼餉の相手をせよと、なんと和秋と日野戸屋と美弥、という奇妙な三人で膳をつついた後、何かと用事をいいつけてあからさまにうっとおしがって日野戸屋を遠ざけようとしていた和秋だが、日野戸屋が厠に立ったそのとき、和秋に雇われた浪人がついに実力行使で彼を追い返してしまったのだ。

殿はお前の娘と差し向かいでご歓談をお望みだ、気を利かせよ、無体を働くわけではないといやらしくにたにた笑いを振りまきながら。

日野戸屋嘉兵衛は「娘に何かあればわたしはこちらのお庭先で自害する」と頑張ったのだが、「だったらしてみろ」と言われ、「べつに何もない、娘御を愛でるだけだ」とからかわれ、結局「殿がご満足なされたら娘御はお送り下さるだろうよ、さあ安心して帰れ」と椿前《つばきまえ》藩邸からつまみ出された。

（満足とはいかに）

安心などできるわけがない。

ようはあの「自称」次代藩主・和秋様は美弥姫に一目惚れして側女《そばめ》にでもしようと……！

側女《そばめ》、の前に想像するだに恐ろしいが手籠めに……！

おとなしく手籠めにされる姫様ではないから和秋様を叩きのめしてしまうかも……！

最後の考えは、大切な大名家の美弥姫様が手籠めにされるよりは一番ましな気がしたが、だからといってやはり安心などできはしない。

日野戸屋嘉兵衛、ぴたりと閉ざされた藩邸前で泣き伏したが「とっとと失せろ」と邪険にあしらわれ、野良犬のように蹴散らされただけ。

わずか数刻で、彼は心労のあまり一気に老け込んでいたが、立ち去る間際、子飼いの小者に「姫様をいつまでもお待ちせよ、屋敷に出入りする者と繋ぎをとり、中の様子を探れ」とかろうじて命じ、よろよろと店へと戻った。一時退却、も兵法のうちである。

――日野戸屋は町人ではあるが、もののたとえである。

＊＊＊

昼餉も終わり、茶を点《た》てろというから点《た》ててやり、菓子を食えというから勧められるままに口にして、日野戸屋を帰らせたあたりからどんどん距離が近づいているなと思ったら、「苦しゅうない、我のそばへ参れ」などと言われてとうとう隣に座らされてから、その上、酌をさせられるに至り、美弥はすこぶる不機嫌になった。

(昼間っから酒を飲むなど侍の風上にもおけぬ)

自分も律と共に酒を嗜《たしな》んだことなど棚に上げ、美弥は腹を立てた。怒りの焦点が微妙ではあるが、だんだんと相槌も面倒になり、口数も減って、とうとう何度目かの酌の際、ぞんざいに扱ってやったら手が滑って酒を零してしまった。

なんというご無礼、申し訳ございませぬと丁寧な棒読みで美弥は言い、懐紙を取り出して和秋の袴《はかま》を拭こうとしたとき。

手を握られ、引き寄せられたのだった。

振り払って叩きのめすのはわけもない。しかし美弥は「そんなことはいつでもできる」からこそ、嫌悪感に怖気を震いながらも我慢して和秋を見上げながら、（わたしは、迂闊だったのであろうか）と思い、今に至る。

「――なんといじらしい。……愛い女子《おなご》よ、震えておるか」

能天気な和秋は、美弥の言葉数が少なくなってきたのも酒を零したのも「我を意識して緊張しておる」と思い込んだ。

その浮かれた妄想に後押しされ、とうとう和秋は（少し硬いが）小さな美弥の手を握ることに成功する。

嫌悪感か恥じらいか。身を強張らせてはいても振り払わない美弥に、和秋はますます誤解を募らせていった。

「のう、おみつ。……そなた、俺の側近くに仕えぬか」

酒豪の美弥からすれば大した酒の量ではなかったが、美弥の形のよい耳元まで寄せられた和秋の口からは、強い酒精の匂いがした。

（寝言は寝て言え、この酔っ払いめが）

とは口に出さず、美弥は少しでも和秋から離れようとしとやかに身をよじる。

「日野戸屋という大店の娘として、見たところそなたの礼儀作法は申し分ない。あとはそなたをどこぞの武家の養女としてやるゆえ、なにも問題はない。俺の側に仕えよ」

「そのような、恐れ多い……」

（まっぴらだ）

美弥は腹のうちで毒づいた。

しかし、握られる手の力は強く、体はだんだん熱くなってきて、気持ち悪くて仕方がない。ようやく美弥なりに、この展開を招いた自分の過ちを悟り、早期離脱を目指すことにする。

「俺は近々藩主となる」

和秋は美弥の薄紅色の耳朶に向かって囁いた。

「椿前《つばきまえ》藩三十五万石の藩主の側女《そばめ》とあらば。そなたも日野戸屋に親孝行できようぞ」

（あの与太話を信じておるのか。わたしの父上は日野戸屋嘉兵衛などという狸親父ではないわ）

「おみつ。そなたさえ諾と申せば、なんならこのまま……」

酒とみずからの言葉に酔った和秋のゆるみきった顔が美弥の唇をとらえようとする。

片手の盃を放り出し、美弥の肩を抱き寄せようとした、そのとき。

「ぐあっ！」

だん！　と鈍い音、和秋の鈍い呻き。

それが同時に交錯した瞬間、彼は自分が天井を向いていることを知った。

天井板に優美な四季折々の草花が描かれている。

襖絵ではなく天井板だ、と認識するのに時間はかからなかった。

「く、そ、おのれ、みつ……」

さきほどまでだらしのない顔で甘ったるくかき口説いていたくせに、憎々しげにこめかみをひくつかせる和秋の顔は、美弥にして見ればみられたものではなかった。

気のいい坊坊顔のほうがましである。思い通りにならず、一方的に気持ちを押し付けてきた上、不埒《ふらち》な真似に及ぼうとする男の顔ほど見苦しいものはなかった。

みつ、ではなく、美弥姫、の言葉で「お前など願い下げだ」と言いたいのをすんでのところで堪えて。

「ご無礼の段、ひらにご容赦下さいませ。わたくしは卑しき荒くれ女にございます」

そう言って美弥は丁寧に三つ指をついて頭を下げた。

美弥は畳に額を擦りつけるようにして詫びの姿勢を取り繕いながら、

（これが土下座というものだな。まああまり気分のいいものではないが、相手からこちらの顔が見えないというのはよいな。ちと一休みだ、顔が疲れてかなわぬ）

町娘の恰好をしていようがしおらしく詫びようが美弥は美弥である。

這いつくばりながらたいへん不遜なことを考えている。

（そろそろ帰らねば。嘉兵衛は追い払われたようだが、どの部屋におるであろうか。ずいぶんと待たせてしまった）

まさか、屋敷から追い払われた、完全に自分と引き離されたとまでは考えていない。

この点、美弥は危機意識が足りない。

（あ、それに霊心寺！　もうとっくに皆は顔を合わせて）

早く行かなくては。

そして、奥棟の位置、屋敷内を徘徊する浪人のおおよその数。和秋の居室の場所。

奥棟の外周こそ戦場かというほどにものものしく浪人が潜んでいるが、その中は驚くほど供回りが少ない。金で雇った者は多いが、思ったよりも江戸家老と和秋はもともと藩主に仕えている者たちを味方につけていないのかもしれない。

おそらくは祐筆《ゆうひつ》は奥棟の内部になど招かれぬであろうから、皆に教えてやらねば。

最後は若や律たちが乗り込んで大立ち回りをするしかないのではないか、と手荒な企てをしている美弥は、とりあえず平伏したままずっと「どうかおゆるしを」と棒読みで繰り返している。

傍から見れば平身低頭であったから、ほどなくして和秋は投げ飛ばされた衝撃を忘れることにしたようだ。よほど、「美貌の町娘みつ」に惚れ込んだらしい。

やがてごそごそと身を起こす音と共に衣擦れの音もして、和秋が傍らに寄ってきたらしい気配がした。

「みつ。もうよい、顔を上げよ」

なんと和秋は美弥の袖を引いて言う。

何回目か数えてもいないが「おゆるしを」と念仏のように繰り返していた美弥は目を丸くした。

(なんだ、もうよいのか？　腹を立てて〝お前の顔など見とうない〟とでも言わぬのか)

「みつ、今回に限り無礼は目をつぶろう。俺が急いたゆえ怖がらせてしまったか」

(なんと！)

本日の美弥は、迂闊であった上に予想もまったく当たらないらしい。

手討ちにされそうになったらさすがにとっとと逃げればいいし、「下がりおろう」と言われたら喜んで下がろうと思ったのに、和秋は存外に辛抱強かった。

「みつ。俺はそなたを愛しゅう思っておる。非道な真似をしとうないのだ」

（まずいな、これは）

美弥は舌打ちを堪えながら眉をひそめた。

（非道な真似など、おめおめと許す気はないが。……かなりしつこいぞ。それに）

気色悪い。一言で言えばそれに尽きる。

背に回された和秋の手、至近距離で話しかける和秋の息遣い。

酒の匂いを差し引いても虫唾が走る。微妙に鼻息が荒いのも生々しくて厭わしい。

（律殿。……いや、りつさま、なら）

体を硬くして身をよじりながら。

唐突に、思い出した。

律の力強い腕。うなじに押し当てられた唇の熱さ。

美弥、美弥姫、と呼ぶ、低くて響きのよい声。

うっとりした。驚いたけれど、嫌ではなかった。むしろ、心地よかったとすら、思う。

（この男とは……違う。何もかも）

「みつ、こちらを向けというに」

「いや！」

思ったよりも大きな声が出た。

突き飛ばしこそしなかったが、和秋の手を払いのけて距離をとる。

自分で自分に驚いたように、美弥は目を見開いて、和秋を払いのけた自分の手と、眼前の哀れな男を交互に見つめた。

「みつ……」

今度こそ、取り繕いようもなく明らかな、美弥の拒絶。

いや、さっき投げ飛ばされたときからわかりかけていたのか。考えないようにしていただけだったのか。

「みつ、そなた」

俺を、拒絶するか。

声には出さず、視線だけでそう告げた和秋の顔がくしゃりと歪んだ。

おゆるしを、とは、もう美弥も言わなかった。

身元をばらすつもりはない。そんなことは想像するのも恐ろしい。

しかし、もう我慢はしない。

ひととなりはわかった。藤田家の内情も、ある程度。

――もう、演技は必要ない。


「好いた方がおります」

美弥は静かに、けれどきっぱりと言った。

口元を歪めたままの和秋をまっすぐに見つめる。

ゆるい男。昼間から酒を食らい、奢侈と怠惰に身を任せ、「次代の藩主」が口癖の哀れな男。

しかし、会ったのはまだ二度目だが、美弥に――日野戸屋の養女・みつに惚れ込んだのは間違いないらしい。

愚か者であってもその気持ちには向き合うべきだ、と生真面目な美弥は思ったから。

目を逸らさずに美弥は言った。

「和秋様。わたくしには好いたお方がおります。どうか荒くれた、無礼な女子《おなご》のことなどお忘れ下さいませ」

本当に、今日の美弥は何から何まで間違えていた。

日野戸屋は別室にいると思っているし、はっきりと拒絶すれば怒って嫌われて好都合のはずだと期待したし、今は真摯に気持ちを述べれば諦めてくれるとまで思ったのだ。賢い、強い美弥も、男女の機微についてはまるでだめだったと言えよう。

「和秋様、どうか」

「……そなたが」

「え?」

「そなたが、忘れるがよい。忘れよ、その男を」

ゆらり、と和秋が立ち上がった。

一応整ったつくりの、つるりとした生白い顔からは全ての表情が消え失せている。

細い首をすっくともたげ、まるで宣言でもするかのようにはっきりと述べる美弥の姿を昏い目で見つめる。

「俺は忘れぬ。そなたほど美しい、そなたのような女子《おなご》を。忘れるものか」

(だめだ、この馬鹿殿が……っ)

言っても無駄だった。

遅ればせながら気づいた美弥は、もはやこれまでと身軽に立ち上がり、礼儀もなにもあったものではなく「失礼つかまつります」と頭だけ下げて。

表廊下に直接出でて、庭伝いに駆け抜けようと素早く算段して、身を翻したそのとき。

「出あえ、出あえ！　――誰かある！」

和秋は獣の咆哮にも似た声を上げげた。

これほどの声を上げられる男なのか、と、美弥がそう考えたのはしばらく後のことだったが。

とたんに地響きのような足音が近づいてくる。

長居を悟った美弥は、無言で一番手近な襖を開け放ち、飛び出そうとした。

「⁉　っ……」

初めて、美弥の顔が、わずかに引きつる。

一瞥して何名かとも数えられぬほどの男たちが、美弥の行く手に立ちふさがっていた。

「若殿、お呼びで」

「いったいどうなされました。……おやおや、これはまた麗しい娘ですな」

わざとらしくおどけてみせ、いやな笑い方をする。

(万事休す、か……？)

「――日野戸屋の娘、美津は俺に盃を投げつけ、無礼を働いた。懲らしめてやるゆえ閉じ込めておけ」

「零しただけだ！　この嘘つき！」

美弥はとうとう「美弥姫」に戻って威勢よく反論したが、和秋は気づかなかったらしい。

「丁重に扱え。……後でな、みつ」

「知るか！　かよわい娘ひとりに、多勢で、恥を知れ！」

美弥はどこまでも鼻っ柱が強かったが、引かれ者の小唄とはまさにこのこと。

昏く笑んで和秋が顎をしゃくるのを合図に、美弥は後ろ手に拘束され、連れ去られた。

放せ触れるな卑怯者とすっかりもとの言葉遣いになってしまった美弥は、それでも無理に抵抗したりはせずに引きたてられていった。

今はあまりに分が悪すぎる。統制のとれていない浪人どものはず、いつかは逃げ出す機会もあろう。

長い廊下を歩きながら庭の立ち木の配置、遠くに見える本屋敷の甍《いらか》などの方向を確認する。内廊下ではなく、外の景色の見えるところを歩かせてもらったのはよかった。

「――ここにいろ」

和秋の居室から四回くらいは角を曲がっただろうか。

襖を開けると格子戸があり、それも開いて美弥はその中に突き飛ばされる。

「ここは……？」

美弥はくるくると部屋を見回した。

そんなに狭くはない。が、広くもない。

一見して清潔に整えられた部屋ではあるのだが。

「なんと奇妙な」

美弥は思ったことを口に出して呟いた。

先刻まで美弥の両手を握っていた男が、たちのよくない笑みを浮かべる。

「特別なお部屋だ。若殿がお見えになるまでとっくり眺めておくがいいさ」

「その気になったらいつでも呼びな。可愛がってやっからよ」

いひひ、とくぐもった声で含み笑いを漏らすが、声音だけでも怖気がするほど粘っこい。

「ほんとべっぴんだぜ」

「俺たちにも味見させてもらいてえもんだ」

「ちげえねえ」

「ばか、若殿に殺《や》られるぜ」

がやがやと言い合いながら代わる代わる美弥の顔を覗き込みに来る。

いちいち反応するのも馬鹿らしいとばかりに、美弥はそっぽを向いた。

その考えは間違っていなかったらしく、だんだんと美弥の周りに群がる男どもは減っていってやがて美弥は置き去りにされた。

逃げ出せないものと思われたのだろう。四肢を拘束されなかったのは幸いだが、格子戸には鍵がかけられ、襖も閉められている。

(座敷牢、か。それにしても)

奇妙な部屋、というよりも。

妖しい部屋であった。

紅い漆喰壁。格子戸も天井板も黒く、その色彩の対比が刺激的すぎて、なんとも落ち着かない気分にさせられる。

欄間《らんま》にも壁にも、あちこちに禍々《まがまが》しい鉤《かぎ》状の鉄具が取り付けてあって、壁際のそれには束ねた紅絹《もみ》の紐が引っ掛けられている。

(罪人を拘束するなら荒縄としたものだが、紅絹とは)

美弥は首をかしげた。

そして、その「奇妙な部屋」の最後の仕上げをするものが、部屋の隅にあった。

びっしりと何かが描かれた屏風が立て掛けられている。何気なしにそれに目をやった美弥は、

「なんだ、これは」

思わず、声を上げた。

それは見れば見るほど卑猥な、六曲一隻の屏風絵。

――美弥は知らぬことであったが、俗にいう「四十八手」の描かれた屏風であった。

立ち松葉、千鳥の曲、鵯越《ひよどりごえ》、窓の月。男女の交合図が屏風の一扇ごとにきちんと八手ずつ描かれ、その呼び名も記されている。

美弥は型破りなはねかえりとはいえ、そこは大名家の姫君。女中たちによる恋話には事欠かなくとも、さすがにここまで赤裸々に房事を語る者はもちろん、教える者もいなかったから、衝撃を覚えて一度はのけぞったが。

そこは、好奇心旺盛、勉強熱心な美弥である。

気を取り直してにじり寄ると、しばしの間、食い入るように屏風を見分した。

一つ一つの体位の名称は雅なものだし、それなりの絵師に描かせたのであろう、複雑

な人体の動きも精緻で稚拙さはみじんもない。屏風の反対側は見事な金箔張りの上に春夏秋冬の花々が華麗に描かれていて、幕府の御用絵師、狩野《かのう》派の手によるものではないかと思うほどのできばえだ。

(何代目の藩主殿の趣味か。……いやはや驚いた)

美弥はひととおり見終えると深々と頷《うなず》いた。

(男女のことは奥が深いな。全て試そうものなら筋を違えてしまいそうだ。しかしなあ……)

可愛らしい眉間にしわを寄せて、美弥はさきほどは用途がわからなかった紅絹の紐をあらためてしげしげと見つめた。

(〝理非知らず〟、〝達磨返し〟、〝首引き恋慕〟……)

紅絹の紐の用途のわかる体位である。

さすがの美弥も首をすくめて、「紐痕がつきそうだ、恐ろしいな」と呟いた。

水浴び直後の玉のようにふるふると身震いをし、そこで気を取り直してきりりと表情を引き締める。

(さて。……このままではまずかろうな。どうしたものか)

武芸自慢、腕自慢の美弥でも、閉じ込められっぱなしでは腕を振るう場がない。

（まあ、あの馬鹿殿がどうせ来るであろうから。そのときか）

貞操の危機、と美弥は今度こそ正しく認識した。

しかし、危機は事態好転のきっかけともなろう。

日野戸屋と引き離され、卑猥な部屋に閉じ込められ。

美弥は普通に考えれば窮地に追い込まれていたのだが、へこたれてはいなかった。

（わたしが招いた結果。……わたしがなんとかせねばならん。甘かった。よもや馬鹿殿がここまで思いつめるとは思わなんだ。わたしもあの男も馬鹿ということか。腹立たしい）

誰も知る由もないことであったが。

美弥は速水師匠の教えを胸に、しっかりと頭をもたげ、前を見据えていた。

（正しく、恐れよ。それでもなお恐ろしくば、それを怒りに変えよ）

現状は芳しくないが、美弥は自分の見通しの甘さを叱りつつ、とりあえず今は来るべきときに備えて体力の温存を図ることにした。

少しでも出口の近くへ、と、格子戸の側に薄縁《うすべり》を引き寄せてどかりと腰を下ろす。

（ふう……）

呼吸を整え、目を軽く閉じる。

格子戸、襖と隔てていても、廊下や庭先の人々の気配が伝わってくる。

厳しくしつけられた武家の使用人の挙措ではないなと、そんな細かなことからも美弥は鋭敏に感じ取る。少なくとも、佐川家に仕える者は無駄に足音を立てたりはしない。静かに、なめらかに、素早く動く。

自分の心音も聞こえてくる。

そして、胸にもう一つ、別の温かさ。

柔らかで、ふわふわして——

美弥の全身が凪《なぎ》を取り戻したのを悟ったのか。

胸元から、黒い毛玉がひょいと出て。

「玉。そういえば……お前がついてきてくれたのだったな」

本日久々に、花のような笑みを浮かべる美弥を、首をねじって精一杯見上げながら、玉はにゃーと甘えるように鳴いた。

＊＊＊

お昼よりも前から今の今まで姫様の懐に入りっぱなしだったあたしは、初めは姫様に抗議するつもりで頭を出したのだけれども。

「玉。そういえば……お前がついてきてくれたのだったな」

そう言って笑う姫様はとってもきれいなのはいつものことだけれど、何より本当に嬉しそうで。

あたしもついつい嬉しくなってひと鳴きした上に、ついでにすりすりしてしまった。

姫様は目を細めてあたしを小袖の中にくるみ込んでくれた。

初めて姫様に会ったばかりの、〝射干玉《ぬばたま》の玉〟になる前の汚い猫だったときのように。

「今までよくいい子にしていたな、玉。ありがとう玉、お利口だな」

小声で囁きかけながら、あたしの頭を撫で、喉を撫で、尻尾の付け根のところもこしょこしょしてくれる。

気持ちいい、幸せ。

姫様姫様姫様。ああもう大好き。

ひとしきり甘えてぐるんぐるん言ってだいぶ気が済んだ頃。

「さて。――いいか、玉」

姫様はあたしを自分の目の高さにまで持ち上げて、真剣な声で言った。

真っ黒でぴかぴか光る姫様の目は、ついさっきまであたしを撫でていたときの柔らかさはなくて、武芸のお稽古のときの姫様の目と同じ。鋭くて、厳しい。

この声、この目のときの姫様の言うことは絶対に覚えておかなくちゃいけないことだと、あたしは既に学んでいる。

だから、「聞いてる」というつもりであたしは口を鳴く形にだけしてみせた。

「できるだけ、この後もわたしの胸にくっついておいで。けれど玉、このお屋敷で万一飛び出してしまったら。……飛び出してしまうようなことがあったら」

覚えてる。姫様と戦っていた悪党面の男をばりばりしてやったときみたいなことね。

「お屋敷の外に行くのだ。まっしぐらに駆けて、走って……道がわからなかったらね、いつも言ってるだろう？　厨《くりや》を探してそこの人か、出入りの魚屋に甘えるのだ。にゃあにゃあ言って擦り寄っておやり。きっと助けてくれる」

なるほど。

確かに姫様はいつもあたしに言って聞かせている。

迷子になったら厨へ行け、って。食べ物の匂いのするところへ行けって。すると出入りの魚屋もいるからその人に甘えろと。

知らないお屋敷にも厨はあるし、煮炊きをすれば匂いがする。そして、魚屋に猫はつきもの。余った商売物《さかな》をやるのに猫は必須だから。猫嫌いの魚屋などめったにいない。

きっと助けてくれるだろうと。

「離れ離れになっても、きっとわたしが玉を探し出すから。……江戸中の魚屋を探させよう。もちろん、玉のことを知っている人がいたら遠慮などせずくっついて鳴いておやり。屋敷へ連れてきてくれる」

離れ離れなんて。いやなことを言う。

でも姫様は恐ろしいほど真剣だったから、あたしは小声でなーと鳴いた。

＊＊＊

きっかけさえあればここから脱出する。

玉を撫でながら美弥は決意した。

南蛮渡来の天鵞絨《ビロード》のような極上の手触りは、撫でているうちに気持ちを落ち着かせてくれる。

気持ちが落ち着けば、思考も前向きで明快になる。

いつかは助けは来るかもしれないが、できれば一刻も早く逃げ出したい。

最悪、事を成そうとやってきた和秋を叩きのめして脱出するのがよいのだろうが、数だけは大量に雇ってあるらしい浪人どもがいる限り、和秋本人を傷めつけると厄介そうだ。

同じ厄介なら、食事を運んでくるとか自分の顔を見に来るとか。下っ端が来たときをとらえねば。

(丁重に、とあやつは言っておったからな。そのうち、水だの食事だのが出てくるだろう。出てこなければこちらから所望してもよい。……今は腹は減ってはおらぬが)

可愛い玉に心得を申し付け、もう一度胸の中に収めたちょうどそのとき、伺いもなくがらりと襖が開いた。

「……信じられんほどべっぴんだと言うから見に来たが」

ずかずかと入ってきた男はそう言って格子の前にしゃがみ込む。

こっち向けよと言うが、もちろんその言葉に素直につきあう義理はない。

「ま、女日照りの奴らにしてみりゃ、大概はべっぴん扱いだろうが」

うつむいたままそっぽを向く美弥を挑発するように男は言った。

美弥はとくだん容貌自慢をするつもりはなく、普段は美醜については飄々としているが、けれど卑下するつもりも毛頭ない。家族やおつきの者の賛辞は贔屓目《ひいき》としてさっぴくにせよ、初めて会った者の反応、江戸市中を一人で闊歩するうちにもらう付け文の数からすると、自分の容姿はなかなからしい、とは認識している。

よって美弥は生来の負けず嫌いが頭をもたげ、内心むっとした。

(だから大したことないだろうと?……無礼な。見て驚くな)

うんざりしながら出遅れてやってきた男にちらりと視線を走らせて。

(この男は……!)

美弥はありたけの気力を振り絞り、息をのむことはもちろん、顔色ひとつ変えず、何でもなさそうにまたうつむく。


——すさんだ目つきの、浅黒い中背の男。


顔中に傷がある。ようやく血が止まった、という程度の生々しい傷。

一行寺で戦ったあの男。かなりな腕前だったが、玉に顔を引っ掻かれ、美弥に手首を踏み折られたはずの。

ほんの一瞬、いや、半瞬と言ってもよいほどのわずかな時間であったのに、男もそれと認識したらしい。

あからさまに瞼までざっくり負傷した目を可能な限り見開いた。

そして、負傷したほうの手を懐手にしたまま、ねっとりと美弥に視線を絡みつかせる。

「女、おめえふたごの姉妹がいねえか？」

とんでもねえべっぴんだな、と独り言ちつつ、男は直截に尋ねた。

美弥はますますしとやかそうに、いとわしげに眉を寄せて顔を背けてみせる。

（こいつ自身は怪我をしているからまあよいとして。……若瀬殿と一緒に戦った者とわたしが同一人物だと知れたら）

と、ここまで考えて。

知れたらなんだというのだろうと、美弥は唐突に思い直した。

男は手負いだ。見たところ刀を差してはいるが、まあ使えはしないだろう。あのとき、確かに利き手を踏み折ったはず。

こちらは理不尽に閉じ込められ、こやつは金で雇われて多勢で取り囲み、人を害する者。

何の遠慮があるだろうか。

どのみち、牢破りをするつもりだったのだ。あの日の美弥と「美津」が同一人物かどうかなど、些末なことだ。

恐れるに足らず。

慎重派ではなく、好戦的な美弥の気性が脳内で圧勝し、美弥はすぐに行動に移すことにした。

「双子の姉を、ご存じなのですか」

「なんだと……っ」

男は再び眼を剥いた。

（食いついた）

美弥は内心ほくそ笑む。

「とても強く、凛々しいわたくしの姉……」

「はっ、猫を使うなんざ、ろくでもない剣士くずれさ」

もちろん、口には出さず、美弥は困惑したように格子を隔てた男を見つめてみせた。

おめえほんと同じ顔だな、べっぴんだが腹が立ってしょうがねえと言って、男は動く
（お前のほうこそ）

ほうの手をかくしに入れる。

「あの女。見つけ出してめちゃくちゃに犯して殺してやろうと思ってるが」

傷だらけの顔が、荒んだ眼が、ゆがんだ歓喜も露わに美弥に向けられ、取り出した鍵を格子の錠前に差し込む。

やはり利き手ではないため不自由なのであろう。性急につっ込むばかりでがちゃがちゃとてこずったようだが、ようやく錠が開いて、錠前がごろんと床に転がった。

（よし、開いた！）

「同じ顔だ。おめえでもいいさ。若殿の前に俺が味見してやる。生き別れの姉を恨むんだな」

震える町娘、と侮っているのだろう。何をなさるおつもりです、と怯え切っているその顔と声が、また男の嗜虐心を煽り、暴力的な衝動を後押しする。

男は格子戸を開けたまま中腰で入ろうとして、そして。

美弥に渾身の一撃を食らい、声もなくその場に崩れ落ちた。

＊＊＊

男は、姫様に縛られさるぐつわを噛まされて牢に放り込まれた。

姫様は牢を出ると、外側から鍵をかけてお庭先へ飛び下りる。

牢に閉じ込めているし、男はたかが女一人と思ったのだろう。出てみると見張りは誰もいなくって、ここまでは順調だったのだけれど。

姫様がさっきの男から奪った刀を腕に抱え込み、お庭の植え込み伝いに身を屈めて、まずは表向きへ行こうとしたところで、「そこの娘、待て！」と背後で誰何の声がした。

四、五人は追ってくる。

あたしには聞こえる。あとからもっとたくさん来るはずだ。

誰が待つかと言いながら姫様は走った。走って走って、少しでもあの悪者たちの巣窟から遠ざかろうとしているのがわかる。

でも、今日の姫様は娘姿。

本当はとっても足が速いのに、みるみるうちに追いつかれそうだ。

きり、と唇を噛む音がすると、あたしはいきなり自慢の組紐を掴んで摘み上げられた。

「玉、お逃げ！」

言うなり、ぽん！　と放られた。

ちょっと、姫様⁉

——突然のことに驚きながらも、あたしもれっきとした猫。ぶざまにひっくり返ったりせず、空中で体勢を立て直してしっかり着地した。

「玉、あとでな！」

姫様は振り返りもせず、あたしとは違う方向へ走ってゆく。

「向こうへ逃げたぞ！」

「追い込め！」

男たちがわらわらと姫様のあとを追ってゆく。

もちろん、黒い毛玉のことなんて誰も気に留めはしない。

さっき、「もしも離れ離れになったら」なんて、なんて嫌なことを言う姫様だなと思ったのだけれど。

こういうことを、見越していたのだと思う。

男たちの気配が去ってから、あたしはまた駆けだした。

広いお屋敷。たくさんの人の気配。いろんな匂いが入り混じって、なにがなんだかわからない。

でも、厨を目指さなくても大丈夫かもしれない。いつも懐に入ったままだからあたりの景色はわからないのだけれど、なんとなくお屋敷の造りというか、配置が姫様のお屋敷と似通っているような気がするから。大名屋敷、ってそういうものなのだろうか。

大きなお池があって築山があったり橋がかかっていたり。東屋が遠くに見えるけれど、あんな方向へ行ったら絶対だめだ。あまり建物から離れないようにしながらけんめいに走る。

けれどやっぱり、と言っては何だけれど、何事もなく出られはしなかった。

目の前に、とっても大きな雄の三毛猫が現れたから。

「……」

「んにゃああ」

あたしはとりあえず鳴いてみた。

べつに悪さするつもりなんかないわよ、あっち行ってよ、っていうつもりで。

けれど三毛は黙って黄色の瞳であたしを見つめている。

大人でもひとかかえぐらいありそうな大きな雄猫だ。

姫様が、「玉が悪さをされるといけないから」と言って、お屋敷内に猫を寄せ付けないようにしてくれているけれど、世の中にいろんな猫がいることは知っている。抱っこされて江戸の町を散歩するうちに、三毛猫、白猫、雉猫、茶白猫、といろいろな猫と出会ったし、あたしが極端に小さいこともわかった。

確かに、縄張り争いとか発情期とかがあるのもわかっているし、よその雌猫にケンカを吹っ掛けられたこともあるけれど、基本的にはあたしは姫様に守られて安穏としていたのだと思う。

威圧感がすごくて、とっても怖い。

でもあたしは行かなくちゃいけない。

あんたに興味はないわ。通してくれればいいの、と、今度は黙って三毛の横を通り過ぎようとしたら。

「ふぎゃっ！」

いきなり、引っ掻かれた！

大事な組紐にやつの爪が引っ掛かったから、ふっとばされるだけで済んだけれど。

なんて乱暴なの。あたしはこんなに小さいのに。

ふしゃ！　ってふいてやったら、三毛はあたしを小馬鹿にするように小鼻を膨らましてひげをぴくぴくさせた。

そして、頭を体ごと低くして、

「ふうううううう」

と唸ってみせる。生意気だおめえ、って言ってる。怖い怖い。どうしよう。

あたしは玉。

こんなところでそのへんの猫《やつ》に関わってはいられないのに。

あたしはけんめいに体の毛を逆立ててみせたけれど、しょせんとても小さいあたしなんか、ろくな威嚇にもなりゃしない。

のそり、と三毛が距離を詰めてくる。体がすくむ。足が動かない。

でも、目を逸らせてはいけないの。戦うつもりがなくってもわかってもらえないなら。

あたしは全身に力をこめて睨み返すしかない。負けなんて認めない。


――どれほど睨み合っただろう。


実際にはそれほどの時間ではなかったかもしれないけれど、あたしにとってはずいぶんな時間が経ったように思った、そのとき。

「おう？　どうしたたま。そんな小せえの相手に」

のんきな男の声がした。

あたしはまだ油断せずに頑張って三毛を睨んでいたのだけれど、三毛のほうはちょっと脱力したみたい。

けっ、邪魔が入りやがった、って、ぷいと顔を背けてその場にどすんと座り込んだ。

相手になんざしてねえよ、ってごまかすみたいに体を舐めている。

「たま、おめえは親分なんだから小せえのをいじめるんじゃねえぜ」
そうよそうよ卑怯者！　と、あたしはその男の後ろに素早く移動した。
足がガクガクする。ほんとに怖かった。
男はついとしゃがみ込むと、あたしを摘みあげて手のひらの上に乗せた。
鉢巻を巻いて日に焼けた黒い顔をした男だ。
「きれいなおめめをしてやがる。おめえ、どっから来た？　小せえの」
小せえの、じゃないわ。あたしは玉。射干玉《ぬばたま》の玉。
そういえばその大きな三毛も「たま」らしいけれど、あたしと一緒にしないで。
あたしは胸を張ってにゃあと鳴いた。
すると、
「ん？　……おめえ、いい首飾りつけてやがる。ちっと見せてみな」
ぐい、と翡翠《ひすい》の玉を引っ張られた。
姫様が日野戸屋を通じて特別に作らせたもの。
「お前の名が書いてあるからね」って、いつも言ってくれた玉飾り。
助けてくれたから許してあげるけれど、もうちょっと丁寧に扱ってほしいわ。
思わず引っ掻きそうになったのを我慢して、おとなしく飾りを触らせる。

「こりゃあきれいだなあ。大した値打ちもんつけてもらって、おめえいいとこのお猫様かい？　将軍様んとこの、とか」

犬公方さまってんだから違うか。

あはは、と男は歯を見せてひとしきり笑ってから、ようやく笑いおさめて翡翠《ひすい》の飾りをまた撫でた。

「可愛いなあ、お猫様……って、なんか彫ってねえか？　……玉？」

そうそう！　もしかして、知ってる？

興奮してにゃあにゃあ言ったら、男は「そうかいおめえも玉かい」と言って姫様よりだいぶ乱暴にぐりぐりあたしを撫でた後、「俺は知らねえがみんなに聞いてみてやるよ」と言って、あたしを肩の上に乗せて歩き出した。

でものんきに鼻歌なんか歌っているから、あたしはじりじりしてにゃあにゃあ鳴き騒いでやった。

急いでるの、あたし。

早くここを出て、早くあたしを知ってる人に会わなくちゃいけないの。

そして、姫様と一緒に帰りたい。

途中ですれ違った人が「騒がしい猫だな」って舌打ちするくらい鳴いたのだけれど、

この男は気にしない様子だった。

気にしてくれなきゃ困るから、あたしはさらに鳴いて鳴いて、しまいには軽くだけれど男の首筋を噛んでやったら。

「いってえ！　なんて凶暴なんだ、玉」

って大げさに飛び上がったけれど、優しい人なのかもしれない。

怒ることもなくまたあたしの頭をぐりぐり撫でて、

「わかったわかった玉。早くおめえさんのご主人様に会いたいんだろう?」

そう言ってひょいと尻を端折ると、たったかたったたか走り出した。

＊＊＊

申の刻、霊心寺にて。

椿前《つばきまえ》藩祐筆《ゆうひつ》、山根鹿之助は感涙にむせんでいた。

それもそのはず。

江戸家老、林によれば、律も若瀬も「野盗の凶刃に倒れた」ことになっていたから。

嫡男の急死から始まり、この時期にこの報せ。藩主は病床と言えど生きているわけだし、全てが江戸家老につく者ばかりではなかったので、山根たちのように「信じませぬぞ！」と言う派閥もいるにはいたが。

　それでも、姿が見えなければあるいはと思うのは人の常。

　少なくとも、安否不明であることは間違いない。

　和秋は奥棟で遊び暮らし、江戸家老は怪しげな浪人どもを大勢雇い入れて奥棟へ日参し、病床の藩主は沈黙。

　いったいこの先我らは、椿前藩《つばきまえ》はどうなるのか、と胃に穴が空きそうなほど悩んでいたところへ、出入りの商人、日野戸屋が見慣れぬ者を伴ってきた。

　それはそれは美しいが、言葉数少なく、得体の知れぬ女子《おなご》。

　よもや藩の内情を探るため、ご公儀が送り込んだ伊賀者、くノ一ではないか。

　出口の見えぬ不安は肥大化して（実際、幕府直属の隠密組織があることは公然の秘密であったから）、ついには武闘派ではない山根までもがそれと知らず「日野戸屋の連れてきた娘」の後を尾け、あわや返り討ち以上の痛い目にあうところを、「律も若瀬も無事である」と知らされ、本日、感動の再会にこぎつけたわけである。

　喜びもひとしおであった。

　山根はいくどもこぶしで目尻を拭い、律に、若瀬に取りすがった。

「信じておりました。必ず、必ずやお会いできると……っ」

「当然だ、山根。勝手に殺されてたまるか」

「ご心配、有難いことです、山根殿。このとおり無事ですよ」

律は傲然と腕を組んだまま。一方の若瀬は穏やかに笑んではいるが、無事じゃないだろう若、と、律にじろりと見られて首をすくめて、

「多少いくつか傷を負っておりますが、こちらは昨日のもので」

と付け加えた。

「なんと……」

実直そうでいかにも剣はからっきし、という様子の山根は、

「お顔に傷がありますな」

と眉を寄せて言った。

「まだこの程度で済んだと申すべきでして」

若瀬は苦笑いし、律は不意に真顔になった。

山根があまりに感激していたので多少落ち着くまではと黙っていたのだが、実はさきほどから気になって仕方がない。

ほんとうにお会いできてよかった、と繰り返し頷《うなず》く山根の肩をぽんぽんと叩き、

「――ところで。美弥姫はまだ来られぬか」

と、目下の最大の関心事を口にした。

「そういえば。……まだのようですな」

姫？　と首をかしげつつ、山根もやっと平静を取り戻したらしくあたりをきょろきょろと見回す。

「あのお方ご自身が、本日の申の刻ここで、と仰せだったと思いまするが……」

なんぞご用事でもあったろうかと山根は続けた。

「それはない」

即答する律の声音が冷えた。

愛刀に手をかけ、見えざる敵を追うようにぎらりと目を光らせる。

山の天気のようにいきなり急変した律の態度は、山根からすれば殺気すら感じさせる恐ろしさ。

べつに自分が責められるような場面ではなかったが、今日の邂逅《かいこう》をおぜん立てしてくれた美弥の不在に言われるまで気づかぬとは、恩知らずの上、不覚の極み。

怯んだ山根は思わず助けを求めるように若瀬に目を向けたのだが。

柔和なはずの若瀬の顔も、山根の記憶にないほど険しいものだった。

「まずないだろうね、用事など。あのお方はとても責任感が強く、いいかげんな約束などなされぬお方。急用ができれば姫は我らに遣いを下さるだろう。速水道場にでも、またはここへ直接にでも」

「何かあったやもしれぬ」

律はぎりりと唇を噛みしめた。

美弥が手練《てだ》れなのはわかっている。そのへんの浪人が束になっても敵うまい。

しかし、だ。

戦いとは刀剣だけではない。

美弥は賢い姫だと思うが、どうやら自身の美貌と、それが周囲に与える影響だけにはとてつもなく認識が足りないことは間違いない。

初々しい町娘の姿。湯上がりの香り。白い、細い首。なめらかな肌。抱き寄せた体のしなやかさ。場所が速水道場でなければ本能に負けていたかもしれない。

律は一瞬だけ、昨晩の甘美な記憶を思い起こすように目を閉じたが。

次の瞬間、くわっと仁王のように両目を見開いて、その勢いのまま「山根！」と言った。

声もなく飛び上がる山根の両肩をがしりと掴むと、

「山根。今、和秋はどうしている？」

「いや、それがし、存じ上げませぬが、その、奥棟には、許しなく入ることもならず……」

「入れなくてもいい。今日の奴の動き、何か知らぬか」

「山根殿。落ち着いて思い出してくれませぬか」

若瀬も加勢する。

律に掴まれた肩は痛いし、若瀬も表情を消してにじり寄って来るしで、山根は少々感動呆けしていた頭を必死になって振り絞り、「そういえば」と言った。

何だ早く申せとあまりのせっつかれように、「なんの足しにもならぬかもしれませぬが」と保身に走りつつも、山根は本当にきちんと思い出そうとして盛んに頭を振る。

おぬしの頭は打ち出の小づちか、振ればなにかいいことがあるってのか、等々あせった律に毒づかれたが、意地悪で焦らすのではなく数回の深呼吸と共に、ようやく彼はそれを口にした。

「奥棟ではまた今日も、最近お気に入りの商人を呼んだそうにございます」

「商人だと⁉」

「日野戸屋か⁉」

「ひえええ！」

とうとう山根は悲鳴を上げた。

さっきから何度か「姫」と聞こえるし、おまけに日野戸屋を呼ぶのがなぜこんなに大ごとに……

「おそらくは。最近、お気に入りでございますゆえ。ただ、今日は予定よりも早まったとかで厨の者がぼやいておりました。急に三名分、客人と食べるから昼餉の仕度をと。女子《おなご》の喜ぶような菓子も用意せよと」

「菓子だと⁉」

「決まりだね」

律は吠え、若瀬は吐き捨てた。

この方々はいったいどうしてしまわれたのだろう。

美弥殿には大きな大きな恩義はあるが、今はいかようにしてお二人に江戸屋敷へお入り頂くかを考えねばなるまいに。

山根がやっと放してもらった肩をさすりながら、「たぶん痣になるに違いない」と少しだけ恨めしく考えている間に、律は走り出した。

若瀬もそれに続き、「今からどこへ」と山根もへっぴり腰で追いかける。

言うまでもないが、律も若瀬も健脚かつ足が速い。歳も若い。

何か思いついたらしい律の言葉を聞き漏らすまいと、山根は必死になって二人についてゆく。

「――若、念のため道場へ寄っておこう。ないと思うが姫から報せが来ておるかもしれん。無事の報せがあればよし、なければ」

「どうする？　律」

「椿前藩《つばきまえ》へ正々堂々と乗り込む。いや、帰還する」

「なんと！」

吃驚したのは山根である。

若瀬は落ち着いたものだった。

「かまわないが、我らだけで？」

「いや。……」

律は顔を正面に向けた。

空に向かって誓いでも立てるような様子で。

「佐川家のお力を借りる。そのためにもまず、道場へ戻ろう。きっと速水師匠なら力になって下さる。あの方は美弥姫第一だから」

「それがいいだろうね」

「あの、お二人とも」

息を切らしながら、それでもなんとか見ようによっては殿《しんがり》を務めるような恰好で走りつつ、たまりかねたように山根が言う。

「さきほどから姫、姫、と聞こえまするが、それがしにはなんのことやら。それに、佐川家、とは」

「佐川美弥姫。美弥殿は鵺森《ぬえもり》藩主、佐川宣重《のぶしげ》殿のご息女だ」

「ひえええええっ」

どこの姫君が町娘のなりをしたり他家へ忍び込んだり、あまつさえ懐剣など突き付けたりするのか。びっくりしすぎてうっかり足が止まりかけた山根に、「ぐずぐずするな、急げ！」と律は一喝した。

速水師匠は美弥の異変を知るや、嘆くより先に身なりを整え、三人を佐川家へ連れていった。飄々と俗世から離れて暮らしている風に見えながら、さすがは元・剣術指南役である。堂々と正門から「重政《しげまさ》様にお取り次ぎ願いたい、火急の用事にて」と申し伝えると、あっという間に重政《しげまさ》の居室近くまで通された。

面会の約束はもちろん、前触れもない唐突な来訪であったが、速水の弟子、そのまた孫弟子にあたる者は藩邸内にたくさんおり、顔が知られていることが奏効した。

まず速水師匠を伴い佐川家へ、という律の判断はまさに正鵠を射たものであったのだ。

一方、ちょうど勤めから戻ったばかりの重政《しげまさ》は、武芸においては美弥より相当劣る生徒であったとはいえ、幼少より世話になった老師とその連れを丁重に遇した。

彼らの身元と事情を聞いて驚愕し、また、溺愛する妹姫の一大事に錯乱しかけたものの、切れ者の彼に逡巡はなかった。数日前、美弥が言っていたのはこのことだったかと思い当たり、すぐに助力を約束し、佐川家の馬廻衆から顔見知りの手練《てだ》れである中村《なかむら》と兵頭《ひょうどう》の二名を貸し与えた。

この二人は重政《しげまさ》と同年の学友。家中において役割が重すぎることもなく機動性に富む。今回のような表沙汰にできぬ非常時にはうってつけといえる。

ちなみに、重政《しげまさ》自身が同行する、と言いかけたのには、全員が強く反対した。

速水師匠など、「あなた様はお命が惜しくば剣は持たれるべきではない」とまで言い放ち、重政《しげまさ》を悄然とさせた。

しかし、驚くほどに順調に事が運ぶかに思われたが、ここにきて難題が浮上した。

重政《しげまさ》自身が藩邸の外まで一行を見送りに来てはたと気づいたのだが、「佐川家が本日、今、椿前藩《つばきまえ》を訪れる理由」である。

たとえ少人数であろうと、他家の、それも帯刀したものものしい侍が五名も藩邸に入らねばならないのだ。忍びのように潜入するのではなく、正面から訪う名目が必要である。

「そのような、理由などどうでも」

律は若瀬が袖を掴んでいなければ一人でも走り出しそうな勢いであった。

時間が経てば経つほど、心配の種は膨らんで芽吹いて、律の心をかき乱す。

なまじ腕が立つため抵抗して四肢を拘束されたら。妖しい薬など用いられて手籠めにされているのではないか。

最悪の事態ばかりが頭をよぎる。

「どうでもよくはないよ、律。佐川家のお力を借りるのだ。たとえ見え透いたものでも大義名分、名目を立てなければ、佐川家の家名に関わる。当然、姫の名も」

若瀬は苦渋に満ちた表情ながらも冷静に指摘し、重政《しげまさ》も苦しげに首肯する。

「くそ、それは確かに。だが、今のままでは、父上や兄上にありのままを申し上げるわけにも……」

「儂《わし》は隠居の身。かくなる上は儂《わし》ひとりでも潜入し、美弥姫様をお助けしましょうぞ」

「それは早計というもの、落ち着かれよ、速水師匠」

「美弥姫が……美弥に何かあれば、俺は……美弥、みや……」

老いてなお血気盛んな速水に、美弥姫の名を呟くばかりで今のところまったく使い物にならない律。

若瀬は思わず「律、みやみやみゃーみゃーうるさいよ、猫じゃあるまいし」と手厳しく叱り飛ばした。

若い藩士、中村と兵頭は眉尻を下げてどうしたものかと傍らに佇んでいる。


――と、そのとき。


「そうだ！　猫か！」

期せずして、律と重政《しげまさ》が同時に声を上げた。

眼を見交わし、頷《うなず》き合う。

「若、いいことを言ってくれた。猫だ。それを理由にしよう」

「律？　それを理由って」

「若瀬殿、美弥の黒猫のことだ。もうご存じだろう？」

重政《しげまさ》は若瀬の背をとんとんと軽く叩く。

「妹は玉をそれはそれは可愛がり、大切にしている。その猫が迷子になって、このあたりで見かけたと申す者がおったゆえお庭先を探させて頂きたいと言えばよい。妹が黒猫を大切にしているのは知る人ぞ知るではあるが、それなりに他家の使用人にも伝わっていると聞く。使用人同士の噂話は侮れぬ」

「……さようで。いや、確かに」

「本所深川と日本橋南では少し離れてはいるが、それでも川を挟んであちらとこちら。美しい猫ゆえ、誰ぞにさらわれ、その後、椿前藩《つばきまえ》付近で見かけたという目撃情報が複数あったと聞いたから訪ねてきた、と言えば」

「……なるほど。それはよい」

若瀬もようやく納得したようだ。

速水師匠も深く頷《うなず》いた。それどころか、わかったから早く出発をと皆を急がす。一行の中で飛びぬけて高齢であるのに、誰よりも血気盛んである。

——日没も近い、六ツ半という時分。

鵺森藩《ぬえもり》・江戸屋敷をあとにした一行は、途中の八幡様に境内へは入らぬまま密やかに必勝を祈願し、江戸橋を越えて日本橋南界隈、広大な椿前《つばきまえ》藩邸へと向かった。

その道すがら、見知らぬ町人の肩の上でにゃあにゃあと鳴き騒ぐ黒猫に出会えたことは、これから討ち入り、もとい律と若という帰還を果たす予定の彼らにとってはこの上もない僥倖であったろう。

玉を拾った町人は、お屋敷出入りの業者、厨で立ち働く者らに聞き合わせをして、「佐川家の姫は緑の瞳の黒猫を溺愛している」との情報を得たので、自分で走って佐川家へお返ししに行こうとしている最中。

一行にしてみれば、あらかじめ玉を懐に入れておいて、撤収したくなったときに「見つかりましたぞ！　ご助力感謝する」と言えば、最後まで話に破綻がない。

律の胡坐《あぐら》の中を気に入っていた玉は、律の懐の中も悪くないと思ったらしい。たいそうおとなしく彼の懐に収まり、しっかりとつかまって、一行と共に椿前《つばきまえ》藩邸に三度目の潜入を果たした。

＊＊＊

切り捨て、薙ぎ払い、峰打ちにする。

致命傷は与えぬようにしているつもりだが、それにしても何人を手にかけたことやら。

十人までは数えてみたが、もう馬鹿馬鹿しくなってやめてからしばらくたった。

先日の一行寺でのことが初めてだった。

人肉に刃が食い込む感触、音、血の臭い。

衝撃ではあったが、幸いというべきか、美弥はその記憶に悩まされたりなどはしなかった。

数を頼んで打ちかかってくる無法者を斬り捨てただけ。

命と、己の信義を守るための行為。何ひとつ思い煩うことも、恥じることもない。

幼い頃から兄たちに交じって男子同様の学問を学び、姫様芸ではない本物の剣術を会得し、かつ、連綿と続く佐川家の血——強兵で知られた三河衆の血のなせる業か、美弥はたまに自分でも感心するほど腹が据わっている。

現在も、美弥はたった一人で広大な椿前《つばきまえ》藩邸内においていわば野戦を繰り広げていたが、決して悲観などしていなかった。

しかし。

どれほどたったのだろう。さすがの美弥もとりあえず相対する者を打ち払うのに夢中で、もはや時間の感覚がない。もともと昼餉の後、和秋との下らないやりとりでずいぶん長時間拘束されていたような気がする。

全力疾走したり物陰に潜んだり。さすがに玉を懐に入れたままでは思う存分動けず、かえって自分も玉も危険であろうと思い、とっさに玉を逃がしたが、無事に逃げおおせたであろうか。

（逃げる、どころか。……あれは運の強い、賢い子。必死に鳴き騒いでお味方でも連れて参るような）

美弥は楓の大木の陰で一息つきながらかすかに笑んだ。

鮮やかな緑系の糸で編まれた伊賀組紐。特注の名入りの翡翠《ひすい》玉。

（本所深川界隈ではかなり知られておるそうだが……ここは川を挟んでおるゆえなあ）

空を見上げれば太陽はとうに姿を隠し、空の茜色も薄絹を重ねたようにその鮮やかさを失いつつあって、ようやく日没が近いことを教えてくれる。

宵闇は目を眩ませる。美弥にとってはさらに戦いやすい。

何人かの足音が近づいてくる。数だけはいくらでも湧いて出るようだが、幸いなことに統制がとれておらず、二、三人、いいところ、四、五人ずつしか現れない。遭遇するたびに打ち払い、遠くへと逃げる。さきほどからずっとその繰り返しだ。

一人が指揮をし、その命に従って動いていては、褒賞を好きにすることができない。

浪人どもはとかく功を焦る。だから腕さえたてば、美弥ひとりでも今のところはなんとかなっている。

（猫に頼るようではならぬ。気を引き締めねば）

美弥は刀の柄《つか》をあらためて握り直した。あの狼藉者から奪った刀だが、なかなかいいもののようだ。よく手入れされ、切れ味もよい。

それなりの手練《てだ》れであったから、刀の手入れは欠かさなかったのだろう。

（いずれは、皆が来るであろう。山根殿とお二人が会われ、わたしがいないとなれば、必ず）

昨夜、次兄・重政《しげまさ》に許婚《いいなずけ》について気持ちを問われ、美弥は珍しく答えに窮した。

自分でいつだったか若瀬に言ったことを覚えている。

今、椿前藩《つばきまえ》のことを断わっても、違う婚姻を用意されるだけだと。

（藩主の幼馴染に嫁ぎたいなど。……大名家の姫としてどうして言えようか）

日頃わがまま放題、好き勝手を許されているだけに、美弥は覚悟している。

いや、覚悟しているつもり、だった。

（りつさま……）

声には出さず、軽く目を閉じてその風貌を思い出す。

低い、よく響く声。

美弥、美弥姫、と呼ばれると、心の臓がざわざわする。頬が熱くなる。

（なるほど。これが恋、というものか）

絵草紙で、古今の書物で、女中たちの噂話で。

ずっと他人事のように聞きつつも、いずれは自分も、と思っていたそれがなんなのか、美弥はようやく悟った。

こんなときに。こんな、見ようによっては絶体絶命のときに。

（たとえわたしの許婚《いいなずけ》が若瀬殿でも。……恋、というものを知れてよかった。あの方にお会いできてよかった）

どこまでも前向きで、切ないほど生真面目な美弥がひっそりと微笑んだ頃。

「――ここに、女狐が潜んでおったか。よう逃げたものよ」

謳うように独り言つ、壮年の男の声がした。

（こやつ、気配が……）

美弥は唇を噛んで身構える。

いくらぼんやりしていたとはいえ、戦いの最中。気を抜いていたわけではけっしてない。大柄な男の気配に気づかぬはずがないのに。

「俺の師匠は隠密上がりでな。気配の消し方だけは当代一であったぞ。隠密仕込みゆえ、俺も大したものと思わぬか？」

美弥の内心の疑問に答えるかのように、煽るような嘲弄をこめて言ったのち。

「女、出て参れ」

一転、凄みを利かせた声。

もとより、逃げるつもりはない。少し、休息もとった。

美弥はゆっくりと姿を現した。

ひたと目を合わせ、一歩も退く気のないことをまず目線で伝える。

（この男）

若瀬を、嬲り殺しにしようとした男。

ひときわ腕の立つ男。確か、山中での襲撃の際、美弥がさきほど仕留めた男と、この男が生き延びたと聞いたはずだった。

「ほう。……そなた、寺におった剣士ではないか？　その構え、立ち姿。なにより」

男は暗がりに目を光らせ、ゆるゆると剣を構えながらも、得意げに小鼻をひくひくとうごめかした。

「そなたの使う香と汗の匂い。どこに潜んでおっても俺はこれでわかるのだ。女、そなた日野戸屋の養女などではあるまい。どこの者だ？」

美弥は答えず、静かに剣を構え、男の襲撃に備えている。

剣豪・速水師匠にして女子《おなご》にしておくには惜しい、世が世なら名高い剣士よとまで言わしめた美弥は、男が既に隠そうともしない殺気に動じた風もない。

「答えぬか。まあよかろう。……そなたなら手足の一、二本失うても十分楽しめよう。まことに美しい……っ⁉」

最後まで言い終えることはできなかった。

キン！　と音をさせて払いのけはしたが、よもや美弥から打ちかかるとは思わなかったのだろう。

男の顔から余裕の笑みが消えた。

「女、容赦せぬぞ」

男が踏み込み、美弥がいなす。

その後は凄まじい速さで斬り込まれる。美弥はけっして組まず、身を翻し、あるいは刃先のみを滑らせて、男の技を躱し続ける。

「組まぬか、卑怯な。そうやって、俺の消耗を誘うか」

さすがにこの男ほどの技量があれば、美弥の考えなどたやすく読めるだろう。

その手には乗らぬぞ、と言い、男は身を屈め強烈な横薙ぎを食らわしてきた。

美弥は落ち着いて飛び退り、着地する。二、三の横薙ぎののち、間合いを掴んだ男は着地より先に突き込みを仕掛けてくる。

「⁉　っ……」

かろうじて空中で身を躱した美弥は、わずかに着地が乱れた。

「はあっ！」

その間隙を見逃さず男の白刃が一閃する。

「ちっ」

初めて、美弥が感情を露わにした。

ばらりと帯が断ち切られ、華やかな町娘の薄紅色の着物が肩から滑り落ちた。

襦袢の白さが目を焼くかのよう。

「ほう。……これはよき眺めよ」

真剣勝負の最中にもかかわらず、さすがに男も目を細め、舌なめずりをした。

「まこと、傷つけるには惜しい。……女、まだ諦めぬか」

返事の代わりに、美弥は再び表情を消して眼前の敵を見据えた。

舌打ちも一瞬のこと。

（身軽になったと思えばよいわ。それに）

玉を逃がしていてよかった、と心から思う。

刃を受けたとき、身を反らせたから出張っていた帯が斬られた。

胸元に猫が入っていたら、そこに刃先が入ったかもしれない。

すう、と呼吸が整う。帯を切られ、あられもない姿をさらし、いっとき、乱れかけた気が正常に立ち返る。

（負けぬ。このような下らぬ浪人に、この美弥が……！）

「女、どうした、降参でもよいぞ」

嘲りと、色を含んだ声。

「あのような腰抜けにくれてやることもない。俺がかわいがって……っ⁉」

美弥は無言で斬りかかった。

渾身の一撃。紙一重で躱したのは、やはり男が並外れた技量の持ち主であるからか。

しかし、一歩退いてのけぞった男の片袖が、はらりと破れて垂れ下がる。

刃先がかすめたのか、わずかな血の筋が男の肌を伝う。

片腕を、切り落とされる寸前だった。

「可愛げのない。……女、覚悟せよ」

男が飛び掛かり、美弥が受け止める。

一転、激しい剣戟の音があたりを支配した。

さきほどまでと比べて剣を交錯させる音が激しい。が、三、四合に一合は軽やかに身をよじり、男にたたらを踏ませることを忘れない。

次第に十合、二十合を超え、互いに飛び退って間合いを測る。

（わたしは、負けぬ）

白い襦袢の裾は乱れ、髪も幾筋も落ち、形のよい額には汗が光っていたが、それでも美弥は変わらず傲然と男から目を逸らすことはなかった。

実のところ、かなり疲労は感じつつある。男と剣を交えるよりも前に、美弥は駆けっぱなしで、たくさんの浪人どもと戦ってきた。

（皆が来る。必ず来てくれる。それまで、わたしは）

「女、疲れておろう」

くくっ、と男が嘲笑った。

男も息を乱している。予想外、予想以上に美弥が戦うので、言葉で嬲ることでしか優位に立てないのだ。

が、男の実力は疑いようもない。その容赦のなさも、残忍さも。

　そして、自分の疲労も。

「参るぞ」

　男が低く呟き、剣を振りかぶった瞬間。

「美弥、美弥！　どこだ、美弥――っ！」

　律の声が聞こえてきた。

（りつさま）

　知らず、口元がほころぶ。

　だが男は距離を詰めて――

「死ね！」

　凶刃が振り下ろされた。

＊＊＊

　律、すぐに追いついた若瀬。速水師匠に、若手の手練《てだ》れである馬廻衆の中村と兵頭。

　彼らは邸内奥深くへ行くにつれ、玉だのお猫様だのと呼びかけて捜すのをやめていた。

　どのみち乱戦覚悟、押し込み強盗の如く切り捨て御免で和秋をあぶり出し、美弥を救出しようというのである。

それに、当番の侍の様子からして、完全にお屋敷内は二分しており、踏み込んだ彼らが旗幟鮮明にすることによって、まともな家臣であれば助太刀、もしくは傍観が期待できると踏んだのだ。

実際、初めのうちこそ「何やつ⁉」「狼藉者！」などの厳しい誰何の声が上がったが、やがて「もしや……⁉」「あなた様方は」などと驚愕、のちに歓喜の声なども聞こえ始め、一行の手勢は瞬く間に増えていった。

しかし。

江戸家老、林惟信のかき集めた浪人どもはなにしろ数が多かった。

孤軍奮闘中の美弥も酷評した通り、まるで統制がとれておらず、無秩序に数名の仲間同士が打って出ては討ち果たされ、その連続であったため、恐れるに足らずとはいえなかなか進めない。

奴らは忠誠心などはないと思われるが、とにかく食い詰めて金に困っている者ばかり。仕損じては金がもらえぬとばかりに熱意だけはあって、必死に食らいついてくるのが面倒くさい。

「ここは我らにお任せあれ！」

「若様方、どうか、ここは！」

輝く笑顔で、あるいは涙ぐんで。

律と若、彼らに付き従う一行に頷《うなず》きかけ、剣を振り上げて雑魚は引き受けると藩士たちは力強く請け合う。

江戸家老が牛耳り、浪人の巣窟となった江戸藩邸はどうなっていることかと思っていたが、まだ捨てたものではないようだ。

一行には追いつけないと見切りをつけた聡い祐筆《ゆうひつ》、山根は味方衆を連れてくると言って早々と姿を消しているが、確かに彼がいなくなってほどなくして、わらわらと剣を抜き払いながら駆けつける藩士たちが目に見えて増えてきた。

浪人どもの相手は彼らに任せ、蛮勇と言うべきか目の前に現れる敵は一刀のもとに斬り捨てながら、奥棟付近、邸内の最奥部に近づいてゆく。

斬り倒され、あるいは強烈な突きで起き上がれず呻き声を上げる者がそこかしこに転がっており、確かに美弥がいた、美弥がいることは何よりも明らかだった。

(捕らえられ、震えている姫ではないからな、あれは)

こんなときではあるが、律の口元にかすかな笑みが浮かぶ。

つかの間、静かになったのを察知したらしい。懐の中の玉が小さな声でなーと鳴く。

「――玉か。……ここに」

老松のよく張った根元に、律は懐から出した玉をそっと下ろした。

玉は美しい、賢しげな緑の目で律をまっすぐに見上げている。

「まだ、荒事が続く。玉も居心地が悪かろう。ここで待っておれ。美弥を連れてくる」

そう言って、小さな頭を撫でると、またすぐに駆けだした。

(――本丸を落とさねばならぬ。……和秋、江戸家老、そして)

柔らかな毛玉を遠ざけるや否や、律は纏う空気の色を変えた。

まっすぐに面も向けられぬほどの鬼気。

(あの男。……あいつは俺が仕留めねば)

雑魚どもの中に奴の姿はなかった。

奴の目的は自分らであろうに。……美弥への執着から、こちらではなく美弥の追跡にまわっているのか。

(急がねばならぬ)

暴風になぎ倒されたように散らばる負傷者をたどって、美弥、美弥と声を限りに叫びながら駆けていくと、白いものが見えた。

――同時に、振り下ろされる切っ先の鈍い光。

「美弥っ!!」

声を限りに叫んだが、まだ遠い。

びゅう、と刃は空を切った。

待ちわびた声に美弥はわずかに反応を鈍らせたが、体を地に投げ出しみごとに躱して跳ね起きた。

「むう！」

次こそはと間髪入れず振り下ろされた再びの斬撃。

だが今度は十分に美弥の予測のうちにある。

「はっ」

がっ、と鈍くこもる音をさせて、美弥は真一文字に構えた剣で真っ向から受け止める。

「こしゃくな、女狐……っ」

ここまで苦戦するとは思っていなかったのだろう。

ぎりぎりと歯ぎしりの音まで聞こえてきそうな、憤怒に赤黒く染まった顔が美弥の間近に迫る。

「下郎。貴様になど負けぬわ」

玉の汗を流しながら美弥も渾身の力で押し留める。

美弥、と呼ぶ声がさらに近づいてきた。少し遅れて、姫様、美弥姫様という師匠の声も。

と。

無様な姿は見せたくない。

その一心で最後の力を振り絞る。

「うぐぅっ」

くぐもった呻きと同時に急激に美弥にのしかかる圧が引いてゆく。

からん、と剣が地に落ちた。

「くう、卑怯な……っ」

「貴様が言うか」

男の肩に律の投げた匕首《あいくち》が深々と刺さっている。

肩を押さえそれでも剣を拾おうとするのを容赦なく蹴り飛ばして、ようやく律は美弥の前に立った。

間に合った、と思う。

けれど、美弥の乱れた髪、あられもない姿。

何があった、誰がこうしたのかと騒ぐ心を宥め、

「美弥姫、よく、無事で……」

やっと紡いだ言葉は短いが万感の想いがこめられている。

この手に早く抱きしめたい、という欲望を抑え、りつさま、と嬉しそうに呟く美弥を背中に庇いながら、律は男に剣を突き付けた。

「戦いたくば相手になってやる。山中では貴様を取り逃がしたが――どうする」

不敵な、獰猛な笑みに煽られたように、男は肩に刺さる物の痛みすら忘れたかのように剣を拾って立ち上がった。


――続く斬撃、飛び散る火花。

斬り結んでは飛び離れ、光る刃先をまた力の限り交差させる。

さきほどまでの美弥との交戦はどちらかといえば技の競い合いであったが、律とのそれは技はもちろんまさに力と力、真っ向からのぶつかり合い。いずれ劣らぬ剛剣のせめぎ合いだ。

「うぬぅ、若造めが……」

歯をむき出しにし、唸るような怨嗟の声と共に男は全身の力を己が刃の一点に集中させる。

対する律はたまに発する低い居合の声以外は終始無言。濃くなってきた薄闇の中で獣のように目を光らせ、あるいは受け、あるいは攻め込んでじりじりと男を追い込んでゆく。いつしか周囲の乱戦もあらかた決着がつき、味方する藩士たちも追いついてきて遠巻きに壮絶な一戦を見守る中、男の動きが眼に見えて鈍くなり、律の動きがさらに鋭さを増していき。

「はあっ！」

「ぐ、うう……」

律の剛剣が一閃し、男が膝をついた。

ぽたり、ぽたり。

やがてたらたらと流れ出した血の帯が男を彩り、地面に吸い込まれてゆく。

「貴様の負けだ」

勝ち名乗りというには静謐な、しかし威圧するには十分な何かを秘めた律の低い声。

喉元に突き付けられた切っ先の冷たさに、男は否応もなく敗北を悟らされる。

「くそ、若造……」

　せめて目で殺せたらと言わんばかりのぎらつく瞳が、勝ってなお一分の隙も見せぬ律に向けられる。

　先刻からの美弥との斬り合いでつけられたらしいあちこちの小傷に今回の律の浴びせた一撃。

　全身を朱に染め、両膝を地につき、喉元にぴたりと当てられた刃先からはまた小さな血の筋が流れ落ちようと。

　理性ではこの眼前の青年に完敗を喫したとわかっていようと、それでも。

「降伏できぬか」

　律はほんのわずか、手首を動かした。

　切っ先がまた少し、男の喉元を抉る。

「負けを認め、陰謀を白状すれば、死一等は減じてやろう。全ては江戸家老のはかりごと。貴様は金で雇われ、それに与したにすぎぬはず。どうだ？」

「……」

　温情など受けぬ、とは男は言わなかった。

　しかし、剣の道を極めながら不遇だった半生を思えば、正道に生きる者への深く根付いた敵愾心、妬み、嫉みというものは容易に捨てられぬらしい。

口惜しそうに顔を歪め、荒れた唇を渇いた舌で舐めて、どうにか言葉を紡ごうと口を開けた、そのとき。

「――皆の者、動くな！」

初老の男の悲鳴にも似た声が、つかの間の静寂を切り裂いた。

「動くな。これを見よ。皆、動くな、これが見えぬか⁉」

一同が声のする方を振り返ってみれば。

着流し姿に持ち慣れぬ剣を手挟んであたりを威嚇するように睨みつける和秋と、中背の男、江戸家老・林惟信が白い寝衣を着た男を後ろ手に縛り上げ、引き据えている。

大柄なのにぐったりとして立っているのがやっとの男。寝衣は着崩れ、もともとの体格がよいだけにやつれが痛々しい。

「ちち、うえ……」

律と若瀬が揃って苦しげに顔を歪めた。

ごくわずかな声であったが、耳ざとく聞きつけた美弥は「父上？」と小首をかしげる。

「一同、抗うな。剣を捨てよ。――捨てよと申すに！」

林は絶叫した。

いつのまにか抜き身の脇差《わきさし》を引き据えた男の心の臓の上にあてがい、血走った目を剥いて吠えたてる。

眼が合った者全てに「お前も、そこのお前もだ！　美弥姫の名をかたるそこな女狐も！」と叫び、美弥は「なぜわたしだけ女狐なのだ」と頬を膨らませながらとりあえず剣を放り捨てた。

最後に爛々と光る眼で律と若瀬の姿をとらえると、狂った笑みをその口元に張り付ける。

「はてさて、こちらにも騙りがおるような。国元を出立された弟君、藤田律以《ふじたりつい》殿と国家老の嫡男、叶若瀬《かのうわかせ》殿と言えば、山中にて盗賊どもに襲われ、ご落命と聞きまするが」

「とんだ〝盗賊〟だったな。貴様に雇われた者どもは」

律は――藤田律以はいまだ剣を捨てぬまま吐き捨てた。

「藤田律以、このとおり生きておるわ。貴様の血縁上の息子、若瀬もな」

「律、いや……律以様。わたしは叶の息子。このような男、父ではありませぬ」

若瀬が丁寧な口調ながら異を唱える。

そして、まっすぐに林惟信とその傍らに立つ男、和秋を見つめた。

「江戸家老、林惟信。その子、和秋。そのほうらのはかりごと、既にならず。……殿をお放しし、神妙にするがよい」

「黙れ、若瀬」

「黙りませぬぞ。……和秋、いや、最初で最後、お呼びするとしようか、兄上殿。……あなたもこのような茶番、見切りをつけられよ」

「黙れ。——だまれだまれ！」

兄と呼ばれた和秋は無言で顔を歪めるも、林は喚き、捕らえた男——藩主・藤田令以の顎下に腕を回し、力任せに締め上げる。

もともとぐったりと土気色を晒していた令以の顔がみるみるうちに赤黒く変色してゆく。

「父上！」

「律以様、お父上を見殺しになさいますかな。父殺しと呼ばれたくなくば剣を捨てなされ」

「く、そ……っ」

律が対峙していた男と、勝ち誇ったように喚く林を歯ぎしりをしながら見比べ、愛刀を捨てようとしたそのとき。

「りつ、律以。……こやつを、斬れ」

弱々しいが、決然とした声が、林の腕下から漏れる。

後ろで腕を括られ、顎下を締め上げられながらも病人とも思えぬ力、おそらくは命を削るほどのあらん限りの力を振り絞って身じろぎをし、林に捕らわれたままながら声を発するだけの隙間を得たらしい。

「くそ、黙れ！　殿はこのとおり病篤くご乱心、耳を貸すでは――」

「……斬れ、律以。斬って、儂《わし》と和春の、仇を討て」

「父上……っ」

「なにを、している、りつ。……はやく、こやつを」

「黙れというに！」

自身こそ乱心したかのように林は絶叫し、もはや人質の用をなさぬとばかりに脇差《わきさし》を振り上げて、令以の胸を一突きしようとした、その瞬間。

銀色の閃光が林の腹に深々と突き刺さった。

「ぐ!?　うっ」

眼を白黒させ、腹に刺さる剣を信じられぬようにまじまじと見つめながら林がゆっくりと倒れる。

力を失った手からからりと脇差《わきさし》が落ちた。

その乾いた音を合図に、我に返ったようにわらわらと藩士たちが駆け寄り、主・令以を介抱し、虚脱して立ち尽くす和秋を拘束する。

精魂尽き果てたように肩で息をする藩主、令以は丁重に運び出されていった。和秋はあらがう素振りもなく、その場にぺたりと座らされている。

「――兄弟弟子、鹿島兵衛の仇を討ったぞ」

愛刀を投擲し、みごと標的を仕留めた速水は朗々たる声で宣言した。

はるか昔、十八で遠く島原の乱に従軍し、鵺森《ぬえもり》藩に速水ありと知らしめた往年の剣豪はにやりと不敵な笑みを浮かべて言う。

「律以様、若瀬殿。……藩の次代を担う方々は父殺しの不忠者などと誹《そし》りを受けてはなりませぬゆえ」

「師匠」

若瀬が深々と頭を下げた。

続いて、律も。

「この御恩は忘れませせぬ」

「御礼は、幾重にも……」

「よいよい、お二方とも。それより」

速水は居住まいを正した。

長身の律の足元にすいと跪き、恭しく頭を垂れる。

「藤田律以様。どうか、どうか……美弥姫様と何卒、末永くお幸せに」

「師匠⁉」

めまぐるしく変わる展開に目を丸くしていた美弥が吃驚して声を上げた。

そちらに顔を向けることもなく、速水はなおも言う。

「律以様、それがしにはなんの礼もいりませぬ。……恐れながら美弥姫様はこの速水の宝、どうかどうか姫様を大切に、お幸せにして差し上げて頂きたく。……それより他にそれがしの望みはございませせぬ」

「師匠、そのような」

「心得た、速水師匠。というよりも」

律はつと歩を進めると、夜目にも白い頬を紅潮させてわたわたする美弥の肩を抱いた。

ぐいと引き寄せ、柔らかな耳朶に唇を寄せる。

「言われるまでもない。これほど愛しい女子《おなご》はおらぬわ。……なあ、美弥姫。亡くなった和春兄上に代わり、この律以が許婚《いいなずけ》となること、ご承諾頂けようか」

低い、よく響く美声で囁かれ、たまに唇が耳朶に触れるとあっては初心《うぶ》な美弥は飛び上がったり身震いしたりと忙しい。

それでも振り切ってまで拒絶しようとしないのは、惚れた弱みというやつか。

「りつ、さま。……あの、わたしはまだ何が何やら。……若瀬、さまはなぜ」

「あれのことはお気になされずともよい」

「あれ、呼ばわりとは理不尽な」

若瀬は肩をすくめた。

「そのへんでおやめなされませ。姫の尊厳にかかわりますぞ、律以様。――さて、皆。見知った者も多かろうがいまいちど申し渡そう」

若瀬は口調をあらためて一同をぐるりと見渡した。

ようやく律も姿勢を改めたが、その手はがっちりと美弥姫の肩を抱いたままだ。

「これなるは嫡男、和春様亡き後、お国元より呼ばれし律以様。われは国家老、叶俊景《かのうとしかげ》が一子、若瀬である」

「――ははっ」

「お待ち申し上げておりました」

その場に残る藩士全員がいっせいに膝をついた。

「そしてこれなるは――」

美弥の傍らで大仰に一歩退いて、若瀬はいささか芝居がかった仕草で頭を下げる。

「鵺森《ぬえもり》藩、佐川宣重《のぶしげ》様がご息女、美弥姫様。ゆくゆくは我らが椿前《つばきまえ》藩のご正室となられるお方ぞ。このたびの騒動において、たいそうなご尽力を頂いた恩人でもあられる。皆、見知りおくがよい」

＊＊＊

「――事の起こりは俺の、いや、俺たちの母から始まったのだろう」

江戸家老・林は手当ての甲斐なく落命、藩主・藤田令以は昏睡、律と死闘を繰り広げた浪人は手当てを拒み黙秘したまま事実上の自害。

事後処理に追われ、瞬く間にあの夜の騒動から四日ほどたったのち。

ようやく取り調べが始まり、和秋は憑き物が落ちたように淡々と語った。

彼はここ数か月、遊びほうけて馴染んだ奥棟の一室に軟禁されている。

ちなみに、美弥が閉じ込められたあのけしからん屏風のある部屋ではない。

豪奢ではないが簡素でもない客間の一室に、昼夜を分かたず厳重な見張りと共に、和秋は押し込められていた。

俺たち、と自虐的な笑みを浮かべて若瀬に目を向けたが、彼は眉ひとすじ動かすことはなかった。

それどころか、澄んだまっすぐな視線を返され、和秋は「可愛げのない弟よ」と舌打ちをする。

「母は双子であった。名は志乃《しの》。ちなみに姉は雪乃《ゆきの》という。そこにおられる次期藩主殿の母君よ」

「なんと」

思わず低く声を上げたのは書記として呼ばれた祐筆《ゆうひつ》の山根。

本来は、罪人への聞き取り、筆記は彼の任務ではないが、藩を正道に立ち返らすべく奔走した功労者、関係者の一人として呼ばれている。

この場にいるのは山根の他に次期藩主たる律以、その幼馴染にして国家老の一子、若瀬、そして美弥。

まだ正室とはなっていない美弥が、他家の内情にかかわる審問に列席することについては、美弥自身が「よいのか、わたしが参っても」と生真面目に尋ねたのだが、今回の騒動終結における第一の功労者といって差し支えない美弥を（さらに言えばできる限り美弥のそばを離れたくない律の要望も大きい）呼ばずしてなんとする、と律も若瀬も山根も声を揃えたのである。

「――雪乃どのと志乃、わが不肖の父、林惟信は、現藩主の幼馴染。長じてから雪乃どのが現藩主の正室になったことから歯車が狂った」

というより、志乃が勝手におかしくなった、と言うべきかなと和秋は面白くなさそうに唇の端だけつり上げて言い添えた。

「藩主夫妻には間もなく嫡男が生まれた。和春殿だ。この頃には既に母は相当おかしくなっていて……」


――和秋の母、志乃は異常なほど令以を愛していたのだという。


年頃となってからは朝な夕なに令以にそれこそ体当たりで迫ったが断られ、やがて令以はなんと双子の姉、雪乃を娶った。

これが雪乃ではない、全く知らぬ誰かであったらここまでの話とはならなかったかもしれないが、それは今となっては知るすべはない。が、少なくとも同じ顔の姉妹、雪乃を令以が「選んだ」ことは恋に身を焦がす志乃にとり耐え難いものであったに違いない。

志乃は嘆き悲しみ己の運命も雪乃もその子も恨み。

それを傍らで見守り、ときに宥め、諭し続けた林惟信は、憐憫が愛情と変化したのかもとより惚れていたのか、これまた当人以外は与り知らぬことだが、やがて志乃を妻とする。

翌年には男子を授かったが、それがこの和秋である。命名に際し、志乃は周囲の者たちの言葉に耳を貸さず、姉・雪乃の産んだ藩主の嫡男、和春の、あたかも弟であるかのように「和秋」と名付けた。

「おぼろげに覚えている。美しいが焦点の合わぬ目をした女が俺の顔を覗き込んでは言うのだ。兄君にもしものことあらばお前が藩主となるのです、と」

事あるごとに言って聞かせ、やがて「和春などがなぜ嫡男とされているのか。殿はなぜ和秋をいとおしんでくれぬのか」と一日のうち何度も金切り声を上げる。妻と子を案じた林がとった策は、「俺を遠ざけることだった」。

あの親父殿も全く恋に殉じたというかなんというか、と和秋は今度は本当にせせら笑った。

志乃は昼間のうちこそ夫を「殿」と呼ぶが、閨《ねや》ではただの一度も林の名を呼ばず、「令以様」と呼んでいたらしい。

それでもなお、林は志乃を愛した。自分を通して、主君・藤田令以しか見ていない、妻を。

「いずれまた俺を呼び戻すつもりだったというが、どうだか。あの親父殿は自分と俺の母以外に愛情などない男だったからな」

数えで五つになるまで、日夜、事あるごとに「毒を吹き込まれていた」和秋は、林の遠縁の子のない夫婦へ預けられた。

つい最近、林に呼び戻されるまで、その夫婦の子として暮らしていたという。和秋が比較的脳天気に育ったのは、この夫婦のおかげであったろう。

一方、「藩主様の御子、和秋」がいなくなってからの志乃は少々おとなしくなったらしい。

我が子がある日を境に姿を見せなくなっても、志乃にとって都合の悪いことは忘れてしまうようだ。

二年後、志乃はまた男の子を産んだ。それが若瀬である。

今度は林の行動は早かった。志乃が床上げをするより先に子を引き離し、名をつける間も置かずにかねてより約束してあった国家老の叶家へ養子に出した。

「それが、若瀬殿か」

美弥は小さく首を振って嘆息した。

出生と同時に産みの親から引き離され、養子に出された若瀬。

親兄弟の愛情をたっぷりと受けて育った美弥は、想像だけでわがことのようにやるせなく、切なく思い、美しい柳眉をひそめている。

「お優しい美弥姫、わたしは幸せでしたよ」

若瀬は穏やかに笑んでみせた。

「この者と違い——彼は和秋のほうへ顎をしゃくってみせた——真っ当で優しい母の愛を受けて育ちました。父は厳しいが、賢くて。……叶家のわたしの両親は、事情はわかりませぬが自分たちに子ができぬことを早々と知っていたようで、懇意であった江戸家老の林惟信に第二子ができたらもらい受けることになっていたのだそうです」

林の第二子は表向きは死産とし、若瀬は叶家の実子、嫡男とされた。

実質は養子であったがこれは叶家のたっての願いだったのだそうだ。もらい受けた子を実子としておかねば、何かの拍子に取り上げられるのではないかと危惧したのかもしれない。

死産であったと聞かされた志乃はまたしばらくはおとなしかったというが、皮肉なことにほぼ同時期に姉の雪乃が第二子を産んだとどこからか聞きつけ、またおかしくなったのだという。

それからは志乃の振る舞いは常軌を逸したものとなっていった。

一日に何度も声を上げる。正気に返ると側仕えの女中に命じて毒を入手させ、浪人を雇う。もちろん、姉の子らを襲わせるためだ。

有能な為政者、令以の片腕と称される林は、私生活においては褒められたものではなかった。和秋が冷笑と共に評した通り、「不肖の父」そのものであった。志乃を憐れみ、緩やかな軟禁をするのが関の山、周りの者がどれほど離縁を勧め、はては座敷牢へと進言しても拒んだという。

一方の雪乃は、繰り返し狙われる我が子らの行く末にさすがに危機感を覚え、令以に進言した。

「和春兄上は嫡男ゆえ江戸を離れることができぬ。だが、武家の次男坊以下はご公儀の監視の目も緩い。よって俺は三つの頃、国元へ行かされた」

「りつさま、までが」

痛ましげに、思わずそう呟いた美弥の手を、傍らに座す律はそっと握った。

武芸の達人なのに、惚れた男の不意の行動はまるで予測ができぬらしい。その初心《うぶ》な反応でまた男を悦ばせるとも知らず、美弥はびっくりして飛び上がる。りつさま、このようなところでお戯れをなさるものではありませぬと物堅く言い、身をよじって手を振りほどこうとするが、もとより律の力に敵うはずはない。結局、律の温かな大きな手に包まれたまま、美弥は頬を赤くしておとなしくなる。

和秋は不快そうに眉を上げ、若瀬はあからさまに「律以様、お見苦しゅうございますぞ」と鼻を鳴らした。

「和春兄上は嫡男として江戸で育てられ、俺は国元で母の実家、時任家に預けられてのびのび暮らした。若瀬と知り合うたのもその頃だ」

幼少より若瀬はどれほど野山を駆けまわっても日にも焼けず、品のよい白い顔をしていたため、色浅黒い律とつるんでいると、若瀬が藩主の子で律がその幼馴染とよく間違えられたそうだ。

「また俺が若瀬のことを若、若と呼ぶゆえ、余計にな」

律は笑って、握ったままの美弥の手を持ち上げると唇を触れさせようとして、

「いいかげんになされませ」

と嫌がった美弥にとうとう本気で突き飛ばされ、情けない顔をした。

「わたしが若と呼ばれることを受け入れたのはわたしなりの思惑もあったのですよ、美弥姫様」

座布団から転がり落ちた律にはあえて目もくれず、若瀬は言った。

美弥もきりりとその美貌を引き締め、重々しく頷《うなず》く。

「わかるような気がする、若瀬殿。国元にいてさえ何かと藩主の息子は狙われやすい。〝若〟と律様をわざと混同させておいたほうが律様の御身のためになるとのご判断では」

「仰せの通りでございます。美弥姫様は本当に聡いお方であられる」

俺の美弥だ、聡いのは当然だという間の抜けた律の合いの手を、一同は礼儀正しく無視した。

そして〝若〟呼びが奏効したのが、つい先日、突然の江戸への召喚命令のときであったという。

「その前に、だ。先に俺の知っていることはとっととと述べておこうか」

そこの甘ったるい二人に見せつけられてはかなわぬわ、とうんざりしたように和秋は言い、胡坐《あぐら》をかいた膝の上に肘をついた。さすがに、愛用していた蒔絵の脇息《きょうそく》までは与えられていないらしい。

「そうこうしているうちにまた母も落ち着き、子ができることもなく、おかしくなっていたなりに穏やかにときは流れた。ご正室、雪乃殿が亡くなられた際も、今度こそ徹底的に情報を遮断し、母には知らせなかったそうだ。やがて、昨年の暮れに、その母も病を得た」

これを機に、事態は一変する。

いまわの際に、志乃は枕辺の夫の手を握りしめて言ったのだという。

和秋を次期藩主に。あの子をどうか藤田家の跡取りに。志乃の一生のお願いにございますと。和秋を遠ざけてから、ただの一言も彼を恋しがる様子を見せなかった志乃であるのに。

「本当かどうかは知らんが、最後の最後、夫の名を呼んだのだそうだ。惟信様、どうか志乃の最後の頼みをお聞き届け下さいませと」

折しも、藩主・令以もたびたび体調を崩すことが増えていた。

彼の場合は正室を看取った後の気落ちからくる体調不良であったが、林はこの機会に一気に事を成すことを思いつく。

毒見役を買収し、令以に遅効性の毒を盛り、さらに弱らせてゆく。

藩主が不例、と屋敷内が騒然とする中で、次は致死量の毒を使い、和春を葬った。

確かお国元には弟君がおられるはず、との声が聞こえ始める前に、林は何年かぶりに和秋を呼び寄せ、彼に言い含め、この狂言にひきずりこんだのだそうだ。

そして、令以の庶子を保護していたと明かした。

もともと、和秋の母は正室、雪乃の双子の妹。藩主の面影はともかく、正室に似た顔の和秋は、不意の登場により素性を疑う者をもってしても否定しきれなかったのだ。

　和秋がいわば里子に出されてから二十年余。ある者は死に、ある者はまた暇を出され、林家に仕える者たちはすっかり様変わりしており、和秋の出生当時のことを知る者はいなかったのも一因と言える。

「しかし、なぜ。……藩主殿にしてみれば、おぬしが我が子ではないことぐらいわかっておられたはず。なぜ、おぬしを追い出すことも一言のもとに否定することもなく、中途半端に奥棟などに置いておかれたのか」

「誰でもそう思うであろうな、おみつ。いや、……美弥姫様、か。はは、なんとも美しい品のよい女子《おなご》と思うたが佐川家のご息女とは」

　とっとと食ろうておけばよかった、かえすがえすも悔やまれるのう、とぬけぬけと和秋は続け、律と若瀬に「それ以上申すとこの場でただちに拷問のあげく斬首」と凄まれて「おお、こわ」と大仰に首をすくめてみせた。

「――半年前だ。初めて会うた藩主殿は俺をつくづくと見て、ため息をついた。母はあの志乃か、とだけ言い、俺が頷《うなず》くと――」

　処遇はのちほど考える。とりあえず、奥棟を与えるゆえそこにおるがよいと言ったらしい。

「藩主としては俺など切り捨てるべきだったのだろうな。騙りなのだから。しかしそうしなかったのはおそらくは」

歪んだ恋の末に逝った母を、不憫に思ったのではないかと和秋は言った。

子として認知するなどとは一言も口にしなかった。

しかし、病で気が弱っていたのか。嫡男が急死し、藩主は病床に伏し、家中が上を下への大騒ぎになっているのにもかかわらず、和秋を処断することはなかった。

国元より律以を呼び寄せよ、とだけ、中老に命じたらしい。

そしてその後のことは、美弥もうよく知っている。

「――なんと。……なんと、志乃様は罪深い。いや、林殿もか。……しかしなんとまあ悲しい……」

美弥は腹の底から絞り出したような声で呟いた。

彼らのために何人、命を落としたことだろう。

しかし、根底に流れるのは金でも名誉でも権勢でもない。歪んでいたとはいえまぎれもなく愛情の一つの形であったがゆえか、どうにも後味悪く、かつ憎み切れぬ何かがあった。

「ま、こんなところだ。言っておくが、あの浪人どもを雇ったのは林だぞ。この期に及んで命乞いをする気もないが、さりとてなんでもかんでも俺の罪とされてはかなわぬ」

湿っぽくなってしまった場の雰囲気を断ち切るように、さばさばと和秋は言った。

「俺は確かに藩主の庶子と騙った。不肖の父、林を諫《いさ》めることもなく、その愚策に乗った。その罪は負うべきであろうな」

和秋は姿勢を正し、存外に美しい正座をすると、恐れ気もなく律と、血縁上は紛れもない「弟」である若瀬を正面から見据えた。

「いかがか、次期藩主殿。俺は斬首か、それとも切腹か？」

「……」

律は眉間にしわを寄せて、若瀬を見やった。

その、若瀬を気遣うような、見方によっては判断をゆだねるようなそぶりに、若瀬は柔らかく、しかしきっぱりと首を横に振る。

「律以様。殿がご不例の今、あなた様がお決めなされませ。生かすも、殺すも。……あなた様のお役目にございます」

「役目、か」

律は軽く目を閉じ、二、三、小さく頷《うなず》いた。

美弥は黙したまま、律の次の言葉を待っているようだ。

「では。……林和秋」

「は」

一同は面を伏せた。

あの和秋ですら、平伏して沙汰を受けるつもりらしい。

「そのほう、逆臣・林と共謀し、わが父にして藩主・藤田令以をたばかり我が兄亡きあと継嗣を騙り、藩に多大な混乱と損害をもたらした。その罪、まことに軽からず」

けっして大声ではないが、腹に響く、よくとおる美声が引き締まった唇から紡がれてゆく。

「しかしながら毒の出どころ、浪人どもの処遇、全て林の企みであることは明白、かつ調べがついている。そのほうは愚かにも林の策に乗っただけとも言える。そしてわが父、藤田令以もまた、偽りの名乗りを断罪することなく放置した。これは藩主の過失として省みねばなるまい」

律はいったん言葉を切った。

「そのほうの罪、藩内への影響、ご公儀への諸事情を鑑みるに死罪には値せぬと考える」

平伏したままの和秋の肩がびくりと震えた。

山根はひたすら律の言葉を書き連ね、若瀬も美弥も顔色ひとつ変えなかった。

ある意味、和秋の死罪はないとはなから予測していたようだ。

「ただし、さきほども申したようにその名のもとに多くの血が流れたのは事実。その責めとして林和秋、そのほうに江戸払いと出家を命ずる。両親ならびにこの騒動によって血を流した者全てを終生弔うがよい」

「……寛大なご処置に厚く御礼申し上げる」

「これにて一件落着」

律は朗々と言い放ち、一同があらためて恭しく首を垂れたのを無言で見回したのち。

「さて。些事はともかく、俺のほうはまだ落着しておらぬ」

がらりと声の調子を変えると、律は美弥を振り返り、「美弥姫」と言った。

何が始まるのかと怪訝そうな顔をした美弥だったが、さきほど突き飛ばされたにもかかわらず、めげずににじり寄った律にあっという間に両手を取られ、目を白黒させる。

つまらぬ茶番を見せられる、と和秋はすっかり砕けた口調で言い、若瀬はひどい渋面を作って、ここでする話とは思われませぬ分別のない、と手厳しく決めつけたが、律は美弥の手を放さなかった。

「佐川美弥姫。俺は先日の問いにまだ答えをもらってはおらぬ」

「りつ、さま。問い、とは」

またもぶんぶんと可愛らしく上下に手を振って振りほどき、とりあえず距離を保とうとするが、律は痛くない程度にますますしっかりと美弥の細い手を握りしめるばかりである。

「藤田家嫡男、和春亡き後、特段両家の間で婚姻解消の話は出ておらぬと聞く。……いや、もしもそのような許しがたい話が出ておったとしても、美弥姫。この律以の妻となって頂きたい。どうか、藤田律以にあなたの許婚《いいなずけ》であると名乗ることをお許し頂きたい。俺はまだその答えを、あなたの口から聞いてはおらぬ」

律は恐ろしいほどに真剣だった。

鋭く整った男らしい美貌は国元の女どもを虜にしてきたが、そのようなものに頼ろうなどとするわけもなく、律は全身全霊をかけて美弥の応えを求めた。

適当に、気楽に暮らしてきた。

女たちは皆、彼から求めなくとも心も体も投げ出したし、好みに合えば来る者は拒まなかった。

いずれ妻を娶るだろうが、それまでは気楽な関係もよかろうと楽しんだものだ。

だが、思えば美弥には一目惚れだった。

何しろ、美少年と思ったまま、衆道の仲間入りを覚悟した律である。

何が何でも、「両家の約定」ではなく、美弥の口から、美弥の言葉が欲しかった。

「あなたの心が、言葉が欲しいのだ、美弥姫。いやもちろん、他のあれこれも全て欲しいが」

あれこれ？　と美弥は首をかしげたが、とうとう若瀬は「まだ〝次期藩主〟だからいいよね、律。殴っていいかな」と言い、和秋までもが「俺も殴りたい」と呟き、山根にたしなめられている。

律は美弥の手に額を押し当てた。

「どうか、美弥姫」

「りつさま、わたしは……」

美弥はゆでだこのように真っ赤になっていたが、確かに自分がまだ何も律へ言葉を返していないこと、何より彼の真摯な気持ちにはまっすぐに応えなくてはならないこと、を短い逡巡のうちに悟ったらしい。

まったく、生真面目なことである。

「――りつさま」

緊張した面持ちで桜色の唇を何度か舐めたのち、美弥は言った。

律は頭を下げていたので気づかなかったが、小さな赤い舌が唇を濡らすさまははっとするほど艶めかしくて、和秋は「はあ、おみつ……」と力なく呟き、若瀬ですら「目の毒ですねぇ」と嘆息している。

「藤田律以様。……否やなど、あろうはずがございませぬ。……どうかこの美弥を、あなた様の妻にして下さり、んん！」

「美弥！」

美弥にとっても一世一代の告白であったのに、最後まで言い終えることはできなかった。

両手を引かれ、そのまま律の腕の中に閉じ込められると、抗議しようと見上げた唇はそのまま律のそれに塞がれた。

美弥の唇は甘かった。

唇だけでなく、その舌も、唾液も、香りも、全てが。

柔らかな唇に食いつき、歯列を突破して怯えたように逃げを打つ美弥の舌を引きずり出し、絡め、思うさま吸い上げて、抱きしめる腕に伝わる美弥のわずかな抵抗を封じ込める。

ただただ、狂おしいほどに愛おしく、溢れる唾液の一滴も無駄にするまいと音を立てて啜り込み、また、自身のそれを容赦なく美弥の喉奥に流し込む。

口づけながら細い顎を撫で、猫を愛でるようにそのなめらかな喉元に触れると、美弥は無意識なのだろうがわずかに腰をくねらせる。

情事さながらの深い接吻に山根は顔を赤くして目を背け、和秋は露骨に「まずい、勃《た》つ」と言い、ついに若瀬が「律！大概に」と声を張ったまさにそのとき。

「――皆、大儀であった」

熱烈な行為は唐突にやんで、律はくたりとした美弥を抱えたまま立ち上がった。

器用に立ったまま美弥を横抱きにすると、軽やかに裾を捌いてすたすたと部屋を後にする。茫然とする一同を振り返ると、にやりとした。

「美弥姫は体調がすぐれぬようだ。急なことゆえ、用意が間に合わぬ。俺の寝間でお休み頂く」

「り、つ！」

若瀬は常ならば柔和な顔を般若の如く歪ませて、慌てて後を追った。

若瀬の追撃を躱し、次代藩主の律が大股に歩くのを、藩邸の者たちは身分に従って立ち止まり、頭を下げ、あるいは膝をついてやり過ごしたが、まともに律の顔を見る者がいなかったのは幸いであった。若瀬あたりに言わせれば「殴りたくなる」ほど蕩けんばかりの甘い笑みを浮かべ、彼は腕の中の美弥の白い顔を覗き込んでいる。

律が肩を抱いたり手を握ったり、さきほどのように唇を奪ったりすると、いかにも箱入りの姫君らしくうろたえて恥ずかしがるのが初心《うぶ》で可愛らしくて愛しくてたまらない。

(食っちまいたい、というやつだな)

夢中で唇を貪ったら歯止めがきかなくなってしまった。

美少女から美女へと羽化する直前の、みずみずしい美貌。

男であっても俺は堕ちていただろう、と律が覚悟を決めるほど、性別を超えた妖しい魅力。

気さくで、高貴で。華奢なのに強靭で。

(俺が間に合わなくとも美弥は自力であやつを斃したやもしれぬな)

凄腕の浪人を相手に、一歩も退かずに戦うさまは、華麗な剣舞でも見ているようだった、と思う。

一度、手合わせをしてみたいものだ、と一瞬思ったが、律はすぐに高速で首を横に振る。

(俺には無理だ。たとえ木刀でも美弥と戦うなど。戦わずして俺の負けだ)

すっかり骨抜きの律である。

——さて。

奥棟を出てかなりの距離を飛ぶように歩いて、律は居室へと戻ってきた。

まだ「次期藩主」の身であるからあくまで仮のものだが、それでも端正に整えられた中庭に面した、三間続きの豪勢な室である。

ただならぬ勢いで戻ってきた律を、側小姓は「何ぞございましたか」と怪訝そうに出迎えたが、

「美弥姫の具合がすぐれぬ。俺が世話をするゆえ寝間の仕度をせよ」

と昼間っからとんでもないことを命じられた。

上気した頬、貪られてぽったりとした、半開きの紅色の唇。

何をどう見ても「気をやった後」にしか見えぬし、賢しい側小姓からしたら同性として律の鼻息が荒いことは一目瞭然。

大名家の姫君に、お天道様も高いうちから何をなさるのか。

「恐れながら」

側小姓は恐る恐る切り出した。

小姓組の中では古参、自分が申さねば誰ができよう。

「なんだ。手短に申せ」

「ははっ」

次期藩主はお若いがやたらに威厳があるな。

冷や汗をかきつつ頭を垂れる。

「姫様にお休み頂くのであれば客間のお仕度と、また、医師の手配などは」

「いらぬ」

律、一刀両断である。

言葉の刃で切られたように、小姓は飛び上がった。

藩一の腕前、凄腕の剣士、と、先の騒動の夜に律の戦いぶりを目にした藩士たちが興奮気味に噂するため、なんと頼もしい若君よと喝采と共に迎え入れられたのであったが、彼は無駄にその迫力を行使するお方であった。

「無用だ。それに客間はさらに遠い。俺の寝間であればすぐ整うであろう」

「はっ……」

見え透いたことを、と、正義感の強い側小姓は少々腹を立てた。

聞けばあの夜の乱闘の直後、皆の面前で若君は姫様に求婚したという。

世慣れぬ姫様はお可愛らしく、たいへんにうろたえておられたと。

その姫様に、ついには昼日中から……！

顔を上げた側小姓が勇を奮って諫言しようと口を開きかけたとき。

「――なあ。察してくれぬか」

拍子抜けするほど砕けた口調で、整った口元を緩める。

多少、伝法な口調は、鋭い野性的な美貌の律には妙にさまになっていて、側小姓は目を瞠《みは》った。

「俺は田舎育ちゆえ知らぬが。……江戸ではこういうのは〝野暮〟ってもんじゃねえのか？」

「……出すぎたことを申しました」

忠義な側小姓は白旗を揚げた。

速やかにみずから動いて若君のご要望を相整える。

（まあ、確かに。……野暮というものだろうし、それに）

側小姓はほんのわずか、表情筋を緩めた。

（お強い姫様だそうだから。……はたして、若君の思し召し通りに運ぶかどうか？）

くたりと若君に身を預け、その腕に抱かれ続ける姫様だが、なかなかどうしてあの夜の武勇伝は大したもの。

これは一波乱ありそうだ、と彼はこの先が知りたくてたまらなくてはりきって動きまわり、同僚に訝しがられたのだった。

美弥を居室の寝床に横たえると、律はその横でどかりと胡坐《あぐら》をかいた。

伏せられた睫毛《まつげ》は濃く、長くて、目元に影が落ちるほど。己が舐めて食んで腫らしてしまった唇は、普段なら桜貝のようだと思うが今は紅椿の花びらのよう。

その花びらの隙間から、かすかな浅い吐息が漏れている。

（吐息の香りまで甘いな、美弥は）

花びらのような口元に高い鼻を寄せて、律はしばらくの間、いささか変態じみた様子でそのかぐわしい吐息をすんすんと味わった。

さきほどの側小姓は目端の利く奴とみた。腕の中の美弥を一目見て、委細承知したらしく、ずいぶん余計なことを言っていたなと、唐突に思い出す。

（俺が美弥に不埒《ふらち》な真似をしでかすと思ったのだな）

（不埒《ふらち》なものか。俺の許婚《いいなずけ》を大切に愛でて何が悪い）

いらいらっとして、律は反抗的に美弥の唇をべろりと舐めた。

細くて白いうなじは男の自分からすれば折れそうに華奢だ。

白い手も、さすがに剣の稽古であちこち硬くなっているが、それでもよくよく手入れされているらしい、すんなりとしたか細い手はまさしく女の手。

だが、凛とした佇まいの美弥には男装もしっくりと馴染んでいるのが不思議としか言いようがない。

今日もまた美弥は小袖に袴《はかま》姿の少年剣士のなりでやってきた。佐川家の姫君として来るであろうか、と着飾った姿を密かに期待した律だったが、それでも美弥の男装は文句なしに美しかった。

律が、美弥を少年と思ったまま強く惹かれたほどに。

日本橋の雑踏の中、そこだけ違う景色のように見えた。

自分が力になると言ってくれた美弥。

実際、神仏の導きとしか言えぬほどの偶然と幸運が重なって今がある。

律は、今度はなめらかな白い頬に唇を寄せた。

佐川美弥。鵺森《ぬえもり》藩主の息女。兄、和春の幼い頃よりの許婚《いいなずけ》。

国元にいた自分など、そのような約定があることすら知らなかった。

互いに顔も知らぬ仲だったと聞くが、それでよかったのだろうと律は思う。

半年前に毒殺された兄の無念を思うと胃の腑が引き絞られるような気持ちになる。

記憶の中の兄はおっとりと穏やかなお人だった。家中の者の評判も悪くはなかったはず。

その兄が突然に毒を盛られ、陰謀など知らぬ間に逝った。

理不尽な死としか言いようがなく、心から痛ましく思う半面、美しい許婚《いいなずけ》、美弥のことを見知っていたら、と思わずにはいられない。その無念さ、腹立たしさは幾層倍であったろう。

(まさに俺は……いわば瓢箪から駒だからな)

律は自嘲めいた笑みを浮かべた。

大藩の家督の座。美しい許婚《いいなずけ》。

二つとも、兄のものだった。

兄の死によって、律はそれらを手にしたのだ。

律のことを、まことに運のよいお人よと、早くも家中で意地悪く囁く者がいることも当然知っている。

自分でもそう思う。

それでも、だ。

惜しみない努力と研鑽は無駄ではなかったのだと、律は胸を張って言える。

武家の次男坊など、臣下に下るか婿養子の口でも探すほかはない。

実際、ふてくされて放埒に、自堕落に生きる厄介者の次男坊の話はいくらでも転がっている。

けれど律は、長子ではない自分を不遇に思ったことなど一度もなかった。

衣食住は十二分に安堵され、恵まれた容姿も幸いして適度に遊ぶ、気楽な生活。

こんなことでよいのだろうか。むしろ、江戸で家督を継ぐ兄の重責を自分が軽くできたらと、常に思っていたほどだ。

椿前《つばきまえ》藩主の子として恥じぬよう、剣の稽古に精を出し、俊秀の若瀬とも競い合って学問に励む日々。

書も学問も師を唸らせ、剣の腕は若くして剣豪、剣聖と呼ばれるほどになった。

己への厳しさ、克己心。思いがけぬ兄の犠牲。

その上に今の自分があると律は確信している。

(兄上。俺はあなたに代わって藩を守り、美弥を幸せにする。必ず)

律の決意はいつしか小さく言葉になって漏れていたらしい。

「んん、ん……」

美弥が身じろいだ。

「美弥?」

気絶した女を抱く趣味はない。

無理に揺り起こす必要もなかろうと思って飽かず美弥の顔を眺めていたが、そろそろ言葉を交わしたい、その先に進みたいと思い始めていた頃だ。

「ん。……」

子供がむずかるように可愛らしく眉を寄せ、ゆっくりと首を左右に振ったのち。

「美弥」

「りつ、さま⁉」

さすが鍛えているらしく、素晴らしい腹筋のなせる業というべきか、勢いよく起き上がった美弥だったが、

「あの、ちょ、ちょっとお待ちを」

律の長い腕の中に閉じ込められ、膝の上に乗せられているのに気づいて目を白黒させる。

少しじたばたとしてみたが、がっしりとした胸と腕はびくともしなくて、美弥はうろたえつつも少しおとなしくなった。

冷静になろうと深呼吸しながら、律の腕の隙間から体をゆらゆらさせてあたりを見回

そうとするのが可愛らしくて仕方がない。

律は拘束を少し緩めてやり、美弥の顔を覗き込んだ。

美弥の目の中に、やに下がった自分が映り込んでいる。

「りつ、さま、あの、ここは」

「――美弥」

「はい！」

蕩けそうな笑顔を向けられ、美弥は真っ赤に頬を染めながらも、たいへんよい返事をした。

「ほんに罪作りなお方」とたびたび女たちを悩殺した律の笑顔の中でも最上級のものだったが、真面目に元気のよい返事をする美弥はなんともほほえましい。

つくづく、そこらの女とは違う、美弥姫を大切にせねばと思い知らされる半面。

「あの、ここは？　りつさまのお部屋……？」

「そうだ、美弥。俺の寝間だ」

律の手が美弥のおとがいに伸びた。

びく、と肩を震わせるのを宥めるように、愛おしむように、ゆっくりともう片方の手で背中を撫で、腕をさする。

宝物のように大切にしたい、と思うのに、その腕の中に美弥をとらえれば雄の欲が湧き起こる。

飄々とした若瀬は、美弥のことだけは相当に好ましく思ったようだった。

あの和秋はとんだひょうげ者だが、美弥のことは真剣だったろう。

そもそも、先夜の騒動の際、藩士を貸してくれた美弥の次兄ですら、恋にいかれた律の目から見れば相当危なっかしい。目の中に入れても痛くないほど可愛いがっているようにと思われた。古代、愛しい女のことを妹背《いもせ》、というくらいだ。兄はもっとも身近な男。世が世ならあの兄だって危ない。

誰にも邪魔はさせない。自分は次期藩主となり、美弥を娶る。おそらく、邪魔は入らない。なのに不安で仕方がない。自分は許婚《いいなずけ》として名目のみの歳月すら重ねていないからだろうか。

「美弥姫、美弥。……」

うわごとのように呟きながら、持ち上げたおとがいに、唇に、その周りに、頬に、狂おしく唇を押し当てる。

不安で、愛しくて、欲しくて、どうにかなりそうだった。

「美弥、好きだ。美弥……」

「りつさま」

一瞬だけ、体を硬くした美弥だったが、何を思ったのか、その後全ての力を抜いた。

気を失っていたときのように一切の抵抗をせずに身を預けている。

「美弥」

「あっ」

うなじに唇を滑らせると、ひくりと体が動いた。

それでも健気に身をもたせかけてくる美弥に気をよくして、律の手はさらに大胆になった。体中を撫でまわし、ついには衿元から手を差し入れようとする。

「りつさま、りつさま」

「うん？」

温かい肌を撫でまわしながら律は生返事をした。

この手触りだけで果ててしまわぬよう、あらためて気合を入れる。

だから、美弥の声が切羽詰まっていたことに気づかなかった。

「後生です、りつさま、おやめ、下さらねば、わたしは」

「なんだ？」

柔肌の感触と、己の下半身へ全ての意識が向いた、その瞬間。

だん！　と鈍い音がした。

さっきとは明らかに違う意味で、律は一瞬目の前が白くなった。

いや、景色も変わった。

「ううう……」

天井を見上げながら律は呻いた。

何が起こったのだ。

「……おやめ下さいませとあれほど申しましたのに」

官能の名残か、多少まだ息が上がっているようだが、さきほどまでの女の声ではない。椿前《つばきまえ》藩御家騒動解決の立役者にふさわしい凛々しい声は、不埒《ふらち》な律に対するまるで神の託宣のようだ。

のろのろと声のするほうへ首をねじると、美弥がこちらを睨んでいた。片膝をつき、後れ毛を耳にかけながら美しい瞳を猫のようにらんらんと光らせている。

相当おかんむりのようだが、目元を赤く染め、眦をつり上げているそのさますら可愛いな、美しいなと思うのだから重症だ。

（だめだ。愛しすぎて心の臓が痛い）

「痛い」

思わず、心の声が漏れた。

「りつさま、どこが⁉」

すすす、となめらかな挙措で、けれど焦った様子で美弥が近寄ってきた。

「十分に手加減を致しましたのに」

手加減したとはいえ、武芸に励む自分の一撃で怪我をさせたのではないか。

美弥はひどくうろたえた。

「もしや、打ちどころでも」

「痛い、美弥」

律はみずからの胸に手を置いた。

凛々しい眉を寄せ、苦しげに声を上げる。

「痛くて起き上がれぬ」

「りつさま」

美弥はそろそろと手を伸ばした。

が。

「――りつさま。大概になされませ」

無情にも、たちまち手が引っ込められた。

か細い手を引き寄せ、あらためて押し倒してやろうという律の目論見は頓挫した。

せっかく近づいてくれたのに、またもすすすと距離をとられる。

「心の臓を蹴ってはおりませぬ。それに」

美弥はわざとらしくこほんと咳払いをした。

「もののふたるもの、同じ不意打ちを許しはしませぬゆえ」

「……お見通しか」

律はむくりと起き上がった。

美弥姫がもののふというのは性別の点でどうかとは思うが、まあ言いたいことはわかる。そんなことよりも。

ぷりぷりしている美弥に向かって、律は潔く深々と頭を下げた。

「すまぬ、美弥。戯れが過ぎた」

「……」

「大名家の姫になんたることを。このとおりだ」

「……」

「美弥、許してくれ。俺はそなたが愛しゅうて、気が急いて……」

「……戯れなのですか」

「え？」

耳を澄ませなければ聞き落としてしまうような小さな声。

「美弥。今、なんと」

気のせい、とするには、内容が、あまりに。

律は詫びの途中であったことをすっぱり忘れて頭を起こし、さっさと距離を詰めて美弥の真向かいに腰を下ろした。

「美弥？」

「重政《しげまさ》兄上が申すには」

「重政《しげまさ》殿が？」

例の、美弥の次兄がどうしたというのか。

「律殿はお前に惑い、不埒《ふらち》なことをしでかすかもしれぬと」

さすが、妹を溺愛する兄。千里眼か。

「そして、我も律殿同様、男子である。それゆえ、気持ちはわかる。多少のことは目をつぶろうと」

「つぶって下さるか」

それは有難い。存外話のわかる男ではないかと、現金にも律は重政《しげまさ》を大いに見直した。

「しかし。お前は大名家の姫。間違っても侵入までは許してはならぬと。婚儀の日までは許さぬと」

律は肩を落とした。

美しい妹姫に、なんということを言うのか、あの御仁は。

うなだれる律の傍らで、美弥は大真面目である。

「律殿の手が太腿より上を目指したら、力の限り打ち据えよと」

「……俺が悪かった」

「なれど！」

美弥は律の膝に両手を置いた。

律の顔を強い光を宿した目で見上げる。

「……美弥」

「なれど、わたしは。……兄上の仰せはもっともなことと思い、あのようにしたものの、辛うございましたのに。りつさまが望まれるならお望みのままにこの身を差し出すべきかと、それはひどく悩みましたのに、それを戯れとは……っ」

「美弥、悪かった。許してくれ」

律は、今度はそうっと美弥の両手を取ると、壊れ物を扱うように、柔らかく抱きしめた。

「美弥、戯れなどではない。俺は本気だ」

悔し涙を滲ませる美弥の顔を上げさせると、そっと涙を唇で吸い上げた。

つむじを曲げて顔を背けようとするのを押し留め、何度も優しく吸い上げる。

「言葉も、振る舞いも、全て俺が至らなかった。……美弥、俺は本気だ。そなたが欲しい。そなたが女子《おなご》でなくとも抱きたい。そう思ったほどに」

「りつ、さま」

ふふ、と泣き笑いのように美弥は笑んだ。

「今も、本当に、本気でそなたを抱こうとした。……俺はそなたと出会うたばかり。許婚《いいなずけ》の座が転がり落ちてきたばかり。……不安なのだ、美弥。早く、そなたが欲しい。そなたが俺のものだと、実感したい。そなたにも、思い知らせてやりたい」

「りつさま」

深窓の姫君が耳にするにはあまりに赤裸々な告白ではあったが、苦しげにすら見える律の表情からはただただそのまっすぐな心情だけが溢れるままに伝わって来る。

美弥は思わず律の頭を抱き寄せた。

「美弥？」

「嬉しい、りつさま。……りつさま、わたしも同じ。わたしも、りつさまをもっと知りたい。もっともっと、わたしの許婚《いいなずけ》はりつさまなのだと、皆にわからせたい」

「美弥！」

熱烈な告白ともとれる言葉に、律ははじかれたように顔を上げようとしたが、「だめ！」と、美弥の胸に再び押さえ込まれた。すっかり照れているらしい美弥は、「りつさま、わたしの顔をご覧になってはなりませぬ」と言い張るのだ。

たおやかに見えてもさすが美弥。律を抱き込む力は生半可なものではなく、彼は美弥の胸の弾力を顔中で味わいつつ呼吸困難になるという、貴重な体験をすることになった。

「りつさま。もっと知り合いましょう。わたしは既に、花嫁修業と呼ばれるようなことは全て名取の域でございますゆえ、婚儀まで時間がありまする。せいぜい、こちらの藩邸へ通い、奥向きのことなどお教え頂きましょう」

「……」

何かしら、律の望む方向性と違うような。

「りつさまはお忙しいと存じますが、若瀬殿をはじめ、優れた家臣に囲まれておられる。公方様への拝謁も、父が力をお貸しすると申しております。家督相続の拝謁さえ済ませてしまわれれば、お時間など作って作れぬものではない。そう思われませぬか、りつさま」

「ああ」

わずかに作れたらしい美弥との胸の隙間から、律のため息のような同意の声が漏れた。

「りつさまも幼き頃に江戸《こちら》を出られて久しいはず。……二人して、椿前藩邸《こちら》のことを覚えましょう。たまに、息抜きに江戸市中へ参りましょうね。美味い団子の店も、面白い芝居小屋も、全てこの美弥が心得ておりますゆえ。また銀次に舟でも出させて。……りつさま、共に過ごす時間を作りましょう」

間違いない。美弥の「深く知り合いたい」は、たいへん健全なものであった。思わず脱力する。が、確かにそれは必要だ、とも思う。

「……」

「りつさま？」

律の反応がないので心配になったのだろう。

美弥は腕を緩め、律の顔を覗き込んだ。

「……そなたの申す通りだ、美弥」

律が白い歯を見せて快活な笑みを浮かべると、美弥の顔は瞬く間に赤くなる。

桃のような薄紅色の頬に、さきほどとは打って変わった健全な口づけを落としながら律はなおも言う。

「昼はそなたの申す通りに。して、夜は？」

　律は頬を押さえて吹っ飛んだ。

＊＊＊

　あの恐ろしい騒動の日。

　姫様は大変だったけれど、あたしも大変だった。大冒険だったと思うの。よくわからないお屋敷で、姫様の懐から放り出され。

　会ったこともない、大きな意地悪な猫に凄まれて。

　でも親切な男が助けてくれて、「このきれいな猫の主さん知らねえか」と聞きまわってくれたらすぐにわかる人がいたのはよかった。厨《くりや》から出てきた御半下《おはした》が知っていたの。

　知り合いが鵺森《ぬえもり》藩の厨で働いていて、そのつながりで。やっぱり、姫様が言うように迷子になったら厨へ、って正しいのかしら。

「おめえさん、お姫様んとこのお猫様かい。ええこった。すぐ連れてってやる」って言ってくれた男の肩に乗って、日本橋南から本所深川に向かっていたら、逆にこちらへ向かって来る師匠や律って人たちの一行に会ったのだった。

松の木の根元で降ろされて、さっきの意地悪な三毛が来たらいやだなあ、とか、早く姫様の懐に入りたいなあ、って不安に思っていたら、やがて大騒ぎの気配の後姫様は戻ってきた。

律って人にしっかり腰を抱かれている。お侍のくせして顔がとろとろでみっともないったらありゃしない。

姫様はその手を振りほどいて「玉、玉、よかった、無事だったか、お利口だな」って涙ぐんで駆けよって手を差し伸べてくれた。もちろん、あたしも嬉しくて姫様めがけて飛びついてにゃあにゃあ鳴いた。

ひとしきり褒められて撫でまわされて、だいぶ気が済んだから胸元に潜り込もうとしたら慌てて引っ張り出されてしまった。「玉、今は堪忍しておくれ」って。

どうしてなのか、あたしが胸元に入っては不都合なのだそうだ。

仕方がないから肩に乗っていたら、律って人が「俺のところに来るか、玉」と言ってあたしをまた懐に入れてくれた。

姫様の胸元の感触と、匂いが一番好きだけれど、この男の懐も悪くないんだわ。

あたしはいくらもしないうちにくうくう眠ってしまって、大冒険の夜は終わったのだった。

＊＊＊

それからのち。

姫様のお輿入れは一年後、となった。

一年後、姫様は佐川のお屋敷を出て、その頃には家督相続を済ませているはずの藩主・藤田律以の正室になる。

若瀬って人じゃなく、律って人が次期藩主様だったのには驚いたけれど、なんとなくやっぱりね、という気もする。あの男は態度が大きかったし、若瀬って人は曖昧に笑ってるばかりで、どうも何考えてるかわからないなと思ってたら、入れ替わっていただなんて。

あの騒動の収拾とか家督相続で自分だって忙しいだろうに、結納だの婚儀の日取りがどうしただの、次期藩主はあまりに前のめりすぎて佐川の人たちは半笑いだった。

「ゆっくりと知り合ってゆけばよいではないか、りつさま。わたしはもすこしあなたさまと町歩きなど楽しみたい」と、姫様までもが言うので、ようやくあの男も諦めて

「じゃあ一年後」となったのだ。

それ以上は待たぬ、いや待てぬ、引き延ばすならさらってゆく、と姫様をはじめ佐川家一同の前で啖呵を切るものだから、姫様は真っ赤になり、藩主夫妻と上の兄君は苦笑して、姫様と仲のよい真ん中の兄君が一人でぶうぶう言っていたのは面白かった。

あたしはもちろん、姫様についてゆく。

ごはんをくれたり寝床を整えたり、頭も撫でて声をかけてくれて、よくしてくれる人たちはこのお屋敷にもたくさん増えたけれど、でもあたしの一番は姫様。

姫様が行くところへ、あたしも行くの。

ふかふかの絹のお座布団——もちろんあたし専用。佐川家と藤田家、両家の御用商人になった日野戸屋はあたしのことを福猫様と呼んでいろいろな物を持ってくる——の上でせっせと体を舐めながらお庭を見ると、遠くに姫様と藤田の若殿がいた。

この男は三日にあげず鵺森《ぬえもり》藩邸へやってきて、姫様の顔を見てゆくのだ。

御女中たちも初めはあきれ顔だったけれど、もう慣れたらしい。男が来ると何も聞かずに姫様に取り次いでいる。

結婚前からこんなにべったりなんてどうなの、ってあたしは思う。

姫様をとられて面白くないからたまに叩いてやっても、この男は動じない。「構ってほしいか、玉、俺のところへ」って首根っこを掴まれて胡坐《あぐら》の中か懐の中に入れられる。

悔しいけれど居心地がいいから、仕方なしにあたしはおとなしくしている。

姫様も時々苦笑しているけれど、でもとっても幸せそうだ。いつだったか、月夜の晩に見た気鬱の風情はあとかたもない。この男のことが大好きみたいだ。好きすぎて、いったんお国元へ戻ることになった男の側小姓筆頭になりすまして、男と一緒に旅に出てしまったのはまた別の話。

そして、あたしもついていったのは言うまでもない。

身ぎれいにして、お利口にして、あたしはどこへ行くのも姫様と一緒なの。

これからも、ずっと。

ご飯が繋ぐ父娘の絆

母親を亡くし、失踪した父親を捜しに、江戸に出てきた鈴。ふらふらになり、行き倒れたところを、料理屋「みと屋」を開くヤクザの親分、銀次郎に拾われる。そこで客に粥を振舞ったのをきっかけに、鈴はみと屋で働くことになった。
「飯が道を開く」
料理人だった父親の思いを胸に鈴は、ご飯で人々の心を掴んでいく。そんなある日、銀次郎が無実の罪を着せられて——!?

定価：737円（10%税込み）　ISBN:978-4-434-29421-1

イラスト：ゆうこ

きよのお江戸料理日記 1~2
秋川滝美《あきかわたきみ》
「居酒屋ぼったくり」著者の新境地!!
身も心も癒される
絶品ご飯と人情物語
訳あって弟と共に江戸にやってきたきよ。父の知人が営む料理屋『千川』で、弟は配膳係として、きよは下働きとして働くことになったのだが、ひょんなことからきよが作った料理が店で出されることになって……
江戸の料理を人情仕立てで召し上がれ。
◎各定価:737円(10%税込)
◎Illusraiton:丹地陽子

深川の花街、大黒で行き倒れていたとある醜女。妓楼たつみ屋に住む絵師の歌に拾われた彼女は、「猿」と名付けられ、見世の料理番になる。元々厨房を任されていた男に、髪結、化粧師、門番、遣手婆……この大黒にかかわる人々は皆、何かしらの事情を抱えている。もちろん歌も、猿も。そんな花街は、猿がやってきたことをきっかけに、少しずつ、しかし確かに変わっていく――

◎定価：737円（10％税込）　◎ISBN978-4-434-28003-0　◎Illustration：alma

時は天保十四年。中《なか》山《せん》道《どう》の板《いた》橋《ばし》宿《しゅく》に「つばくろ屋」という旅《はた》籠《ご》があった。病床の主にかわり宿を守り立てるのは、看板娘の佐《さ》久《く》と個性豊かな奉公人たち。他の旅籠とは一味違う、美味しい料理と真心尽くしのもてなしで、疲れた旅人たちを癒やしている。けれど、時には困った事件も舞い込んで——？
旅籠の四季と人の絆が鮮やかに描かれた、心温まる時代小説。

◎定価：737円（10％税込）　◎ISBN978-4-434-24347-9

◉illustration:ゆうこ

この作品に対する皆様のご意見・ご感想をお待ちしております。

おハガキ・お手紙は以下の宛先にお送りください。

【宛先】

〒150-6008 東京都渋谷区恵比寿 4-20-3 恵比寿ｶﾞｰﾃﾞﾝﾌﾟﾚｲｽﾀﾜｰ 8F
（株）アルファポリス　書籍感想係

メールフォームでのご意見・ご感想は右のＱＲコードから、
あるいは以下のワードで検索をかけてください。

アルファポリス　書籍の感想　検索

ご感想はこちらから

アルファポリス文庫

姫様《ひめさま》、江《え》戸《ど》を斬《き》る　～黒猫玉《くろねこたま》の御《お》家《いえ》騒動《そうどう》記《き》～

亜胡夜カイ（あこやかい）

2021年　10月　5日初版発行

編集－加藤美侑・森順子
編集長－倉持真理
発行者－梶本雄介
発行所－株式会社アルファポリス
〒150-6008東京都渋谷区恵比寿4-20-3 恵比寿ｶﾞｰﾃﾞﾝﾌﾟﾚｲｽﾀﾜｰ8F
TEL 03-6277-1601（営業）　03-6277-1602（編集）
URL https://www.alphapolis.co.jp/
発売元－株式会社星雲社（共同出版社・流通責任出版社）
〒112-0005 東京都文京区水道1-3-30
TEL 03-3868-3275
装丁イラスト－Minoru
装丁デザイン－株式会社ナルティス
印刷－暁印刷株式会社

価格はカバーに表示されてあります。

落丁乱丁の場合はアルファポリスまでご連絡ください。

送料は小社負担でお取り替えします。


ISBN978-4-434-29420-4 C0193